RAFFA FUSTAGNO

Meu Crush de Nova York

1ª Edição

2019

Direção Editorial:
Roberta Teixeira
Gerente Editorial:
Anastacia Cabo

Revisão:
Martinha Fagundes
Arte da capa e diagramação:
Carol Dias

Copyright © Raffa Fustagno, 2019
Copyright © The Gift Box, 2019

Todos os direitos reservados.
Nenhuma parte do conteúdo desse livro poderá ser reproduzida em qualquer meio ou forma – impresso, digital, áudio ou visual – sem a expressa autorização da editora sob penas criminais e ações civis.
Esta é uma obra de ficção. Nomes, personagens, lugares e acontecimentos descritos são produtos da imaginação da autora. Qualquer semelhança com nomes, datas ou acontecimentos reais é mera coincidência.

Este livro segue as regras da Nova Ortografia da Língua Portuguesa.

CIP-BRASIL. CATALOGAÇÃO NA PUBLICAÇÃO
SINDICATO NACIONAL DOS EDITORES DE LIVROS, RJ
Vanessa Mafra Xavier Salgado - Bibliotecária - CRB-7/6644

F995m

Fustagno, Raffa
　　Meu crush de Nova Iorque / Raffa Fustagno. - 1. ed. - Rio de Janeiro : The Gift Box, 2019.
　　140 p.

　　ISBN 978-65-5048-000-4

　　1. Ficção brasileira. I. Título.

19-58404　　　CDD: 869.3
　　　　　　　CDU: 82-3(81)

Capítulo 1:
NO PIQUE DE NY

O medo de voar sempre toma conta de mim, é algo visivelmente mais forte do que eu. Às vezes, penso que não luto muito contra isso, porque ele acaba me vencendo e invento mil e uma desculpas para não enfrentá-lo. Para ser muito sincera, pelo que me lembro, toda vez é assim. Não que eu seja superfrequentadora de aeroportos; na verdade, não os suporto. Mas nas poucas vezes em que voei, senti a mesma coisa. Meu coração bate mais forte quando lembro que em poucos dias estarei em um. Minhas mãos, mesmo no ar condicionado mais potente, começam a suar e tenho que enxugá-las o tempo todo.

Uma semana antes da data, eu começo a ter uma dor de barriga inexplicável. Não é algo que comi, não passa tão rapidamente como gostaria. Lembro que ano passado para visitar meus primos em São Paulo, no voo que dura em média 45 minutos, fiquei com dor de barriga três dias antes. A sensação que tinha ao entrar no avião era de que não iam me deixar respirar por alguns minutos.

Se você está se perguntando como eu, engenheira de petróleo, faço quando as viagens são a trabalho, respondo-lhe agora: eu rezo. Muitas vezes tomo um Dramin para o sono ganhar do medo, e minha sorte é que pela empresa em que trabalhei, fiz poucas viagens de avião.

Por essa razão, juro que não sei o que estou fazendo aqui. Okay, sei sim, estou indo a Nova York para visitar meus tios pela primeira vez. Eles moram lá há uns dois anos e agora, pertinho do meu aniversário, resolvi me dar de presente essa viagem com a grana que recebi da rescisão.

Sim, sou mais uma carioca desempregada. Depois da crise de 2015, muitas empresas da área em que me especializei fecharam ou deixaram o

Brasil. A minha foi uma delas.

Voltando ao meu voo, ou melhor, ao meu medo, sei que deveria estar feliz, e estou. O problema é que tinham que ter inventado alguma forma de me teletransportar para lá. Pleno 2018 e não posso entrar em algo onde feche os olhos e quando abra esteja no lugar que quero? Já sei que você está aí do outro lado lendo isso e me achando uma bobona, e está louco para me mostrar aquelas estatísticas de que é mais fácil morrer atropelada do que em um voo, mas fala isso para o meu medo; eu sento na poltrona e é como se estivesse já dando um "Olá" para Jesus.

Pois é, aqui estou eu, entregando finalmente meu passaporte e o cartão de embarque depois de horas de espera. Sabemos que aeroportos não são como pegar metrô, que você sai meia hora mais cedo de casa e já está dentro do vagão. Há check-in, despacho de malas, passagem pela segurança, procura pelo portão correto... e bingo! Sentamos depois de quase duas horas nessa espera por algo que é ainda pior: são 10 horas de voo! Estou tentando não pensar nisso, mas está difícil.

Procuro minha poltrona, escolhi a dedo essa... 18A. Gosto de reservar o lugar porque acho que dá sorte, assim não senta ninguém chato ao meu lado, nem vou bem no meio de dois estranhos. Nossa, odeio voar no meio de gente que nunca vi. Já entro no avião reparando nas pessoas e meio que me acalma perceber que todos aparentemente estão bem tranquilos. Pelo visto a única medrosa do dia sou eu. As pessoas riem umas com as outras ou estão compenetradas em seus celulares. Até tentei ler um livro naquelas duas horas básicas no saguão, mas fui vencida pela minha necessidade de perceber se as pessoas estavam com medo assim como eu.

Mal me despedi da minha mãe; ela veio me trazer até o aeroporto toda emocionada, já que eu ia viajar pela primeira vez para Nova York. Sei que ela também tem esse sonho. Eu e ela somos muito ligadas e ainda moramos juntas. Ainda que eu vá ficar fora menos de um mês, não queria me sentir culpada por estar indo sem ela. Não sei se ela ficou chateada, e espero que não. Amo minha mãe e a vida já tem testado demais meu poder de dar a volta por cima..

Nesse exato momento, me pego rezando sentada na minha poltrona. Minha prece é para que ninguém se sente ao meu lado. Estou lendo as instruções em caso de pouso na água e apertando os cintos pela quarta vez quando a aeromoça acaba com minha alegria:

— Senhorita, posso ver seu cartão de embarque?

Entrego a ela com a certeza de que ela estará errada, e eu certa, em segundos. Estou confiante de que darei aquele sorrisinho de "mexe com quem está quieto!", mas então descubro que além de ela ter o corpo e o rosto da Gisele Bündchen, o que já me humilha por si só, a aeromoça ainda tem razão. Meu medo é tanto que confundi os assentos. Mudo de lugar, peço ajuda para retirar a mala que ainda está leve, só com um casaco mais pesado, e colocá-la no espaço acima de onde é minha poltrona real. Ao lado do meu assento de verdade tem um rapaz gordinho, barba sem fazer, usando óculos. Não entendi ainda se ele está rindo de mim ou para mim, mas tudo que eu não queria ele faz: puxa assunto.

— Sempre erro a poltrona também. Fico tenso demais, odeio voar.

Que maravilha! Só consigo agradecer à dona Vida. Não me faltava mais nada, terei um companheiro para chorar comigo a cada turbulência, e o pior... ele fala o tempo inteiro:

— Primeira vez em Nova York? Você vai amar! Vou visitar minha esposa. Estou com saudades, mas odeio voar... Ainda mais hoje que está chovendo. Muitas nuvens, já sabe, né? Turbulência à vista!

Sim, ele não me deixa falar. Começa a contar a história da vida inteira dele com a esposa. Estou realmente entediada, mas finjo estar interessada. Não é que seja antipática. Okay, você deve estar pensando que sou um nojo.

Além disso, acabei de terminar um rolo de três meses com um carinha de quem nunca gostei muito. Para ser sincera, nunca me apaixonei de verdade por ninguém e nem sei se ainda acredito nisso de amor.

O cara quer que eu ache lindo ele visitar a esposa de vez em quando? Meu pai ia amar conhecer meu amigo aqui do lado. Aliás, é culpa dele tantas coisas nessa vida, as boas e as ruins. Mas isso vou contando aos poucos para vocês.

Peço licença ao meu amigo estranho e coloco os fones. O avião já está voando há dez minutos e ele pelo menos serviu para que eu nem percebesse. Amo ver filmes no voo. Em homenagem à cidade que nunca visitei, vou colocar Contos de Nova York. É do Woody Allen e tem direção do Martin Scorsese. Eu nem era nascida quando lançaram, mas sou viciada nesse filme, amo forte! Bom, ainda bem que já tinha visto, porque o sono bateu pesado e acordei com a aeromoça perguntando "frango ou massa?". Opto pela massa, meu amigo já até acabou de devorar o frango e sorri mesmo de boca cheia quando vê que eu acordei. Queria ser invisível agora.

O avião começa a tremer, os sinais luminosos para apertarmos os cintos se acendem, minha bandeja faz um barulho insuportável na mesinha e tenho que segurar meu copo de refrigerante, porque de fato está tendo a tal turbulência que meu mais novo amigo previa. Olho para ele, que está calado, e segura os braços da cadeira tão forte que suas mãos estão mudando

Meu Crush de Nova York

7

de cor. Acho que devo acalmá-lo, ainda que esteja nervosa também... Antes que eu tente, o comandante anuncia:

— Senhores passageiros, estamos passando por uma zona de turbulência. Peço a todos que permaneçam sentados, o serviço de bordo será suspenso até que passemos dessa área.

Ao meu lado, o rapaz sua. Mesmo boa parte do avião já usando as mantas que distribuíram, como se nem me visse mais, ele passa a falar sozinho:

— Para de tremer, por favor! Eu deveria ter dito à minha esposa que a amava... Eu deveria ter feito mais caridade. Também deveria ter feito as pazes com meu pai antes de embarcar...

Como se pedisse perdão por todos os erros pré-viagem, ele então começa a rezar. Está tão nervoso que não me lembro de como também odeio tudo isso, mas só peço que essa viagem me marque de uma forma que eu nem me lembre dessa tremedeira toda. Após quase vinte infinitos minutos de turbulência, os avisos de prender os cintos se apagam, as comissárias já voltam a passar sorridentes por nós recolhendo as bandejas como se nada tivesse acontecido. Sempre me imagino morta, acordando no céu ou no inferno, e elas me perguntando se quero Coca-Cola ou suco de laranja, nada as abala... como podem ser assim?

Olho para meu companheiro de voo e ele está mais calmo. Abre um chocolate e diz que isso o acalma, que precisava de açúcar. No fundo, já o acho divertido. Pelo menos o medo dele me distraiu, ainda que eu também ache isso estranho... E eu deveria ter ficado mais aflita, mas não quero entender. O importante é que parou e em algumas horas estarei na cidade que nunca dorme. Se bem que eu também estou aqui sem dormir direito e ainda nem cheguei por lá, não é mesmo?

Agora é a hora de meu novo amigo voltar a tagarelar e, ao perceber que não falamos nossos nomes, eu digo o meu e já sei que vou ouvir dele um ar de espanto. Culpa do meu pai — vão anotando —, que queria um nome diferente para mim e me registrou como Charlotte, com dois Ts mesmo! A única coisa boa de ter esse nome é que era a única da lista da chamada na escola. Já cansei de me perguntarem se colocaram esse nome em mim por causa de Charlotte York, a personagem fofa de Sex and The City, mas não. Eu nasci exatamente seis anos antes do primeiro episódio do seriado ir ao ar, e já aviso que sou viciada nessas 4 divas, moradoras de onde? Sim, de Nova York, mas rainhas do mundo, né, amores?

Cochilei, acordei com o meu amigo falando que íamos aterrissar e corri para colocar o fone. Jurei para mim mesma que ia pousar em Nova York ouvindo Alicia Keys cantando Empire State of Mind. Lá fui eu procurar no celular a música:

Concrete jungle where dreams are made of,
Selva de concreto onde os sonhos são feitos,
There's nothing you can't do,
Não há nada que você não possa fazer
Now you're in New York
Agora você está em Nova York

Acho que exagerei um pouco. Tem umas pessoas olhando para trás e meu amigo dá umas risadinhas. Pronto, parei, a música me acalmou. O avião pousa finalmente no JFK e eu não via a hora de ver minha família. O moço falador arrumou as coisas dele e me entrega um cartão. Quem ainda entrega cartões, gente?

— Igor. Você não perguntou, mas meu nome é Igor. Esse aí é meu celular daqui de Nova York. Se quiser sair comigo e minha esposa, vamos adorar.

Agradeço. Que cara doido! A mulher dele nunca me viu e vai querer sair comigo? Bom, foco na imigração. Pego minha malinha, enrolo os fones e lá vou eu... Quanto mais ando, mais gente vejo e a fila leva "apenas" três horas! Sim, isso é puro sarcasmo. Finalmente passo por tudo que tenho que passar, e isso inclui ter pisado da faixa amarela — o que obviamente não era permitido — e levar uma bronca da guardinha que me mudou para a maior fila que tinha, porque me pegou mexendo no celular para mudar de música. Além de ela ter chamado minha atenção, já chego com sorte, não é mesmo?

A imigração é sempre uma parte tensa da viagem aos Estados Unidos. Quantas vezes já não ouvimos que fulano não conseguiu entrar no país, mesmo com visto, por que respondeu algo que não devia? Okay, sabemos que as histórias de brasileiros com vistos negados são mais comuns. Tinha ido ao Consulado um mês antes de ser demitida, o que achei uma feliz coincidência, assim ainda tenho uns nove anos de visto pela frente.

Meu medo de avião foi vencido com sucesso, mas o da imigração, apesar de menor, também existia. Quando finalmente chegou minha vez, o seguinte diálogo aconteceu:

— Bom dia, primeira vez nos Estados Unidos?

Sem olhar para meu rosto, o homem abriu meu passaporte na página do visto.

— Não, terceira.

Ensinaram-me a falar o menos que eu conseguisse. Depois desem-

Meu Crush de Nova York

9

pregada, estava rezando para que ele não me perguntasse onde trabalho, porque teria que dizer que não tenho trabalho. Com certeza ele me devolveria para o Brasil e eu sabia que, quando isso acontecia, ficava marcado na nossa ficha para sempre. Agora olhando para mim e para a roupa que vestia — que não tinha nada para não ser aprovado, já que optei por calça jeans, sapatilha preta e uma camiseta sem nada estampado. Por cima, um casaco azul marinho. Ele quis saber se era minha primeira vez em Nova York.

— Sim, mas já fui duas vezes a Houston para treinamentos.

Aguardei ansiosa para que ele me mandasse logo encostar meus dedos na máquina e me liberasse, mas sabemos que quando você quer muito uma coisa, nem sempre o universo conspira a seu favor. No meu caso, nesse instante, isso é bem real.

— Quanto você trouxe de dinheiro?

Respondi que tinha um cartão internacional e mil e quinhentos dólares. Ele não disse nada e não dava para saber se estava aprovando minhas respostas ou me preparando para ser encaminhada à salinha do terror. Todo aeroporto americano tem uma. É para lá que eles enviam as pessoas de quem eles desconfiam para mais perguntas.

— Hotel que vai ficar, já sabe?

O homem parecia uma máquina. Informei que ficaria na casa de meus tios. Ele fez um "uhum" e foi somente isso. Pediu para que eu finalmente encostasse o dedão na máquina de digitais, depois os quatro dedos e, quando já estava pronto para carimbar, deu um sorrisinho e disse:

— O que acontece em Nova York fica em Nova York... Ou seria Vegas? Só sei que a primeira vez na cidade ninguém esquece...

Não me perguntem o que houve para o senhor até então sisudo resolver bancar o simpático e me dar conselhos, ou melhor, me avisar que seria algo épico. Eu só esperava me desligar da vida de tensão mês após mês ao ver todo mundo trabalhando e eu assistindo Vale a Pena ver de Novo... Sinto-me uma inútil quando não trabalho.

Três horas de fila depois, e eu agora tinha que achar onde estava minha mala que despachei, o que de fato nem fiz muito esforço, já que uma funcionária do aeroporto gritava "Voo American Airlines 6100 esteira 18!". O problema para meu desespero foi chegar na esteira e não ter mais nada rodando. Como boa brasileira, já achei que alguém tinha pegado minha mala e levado e que teria que andar com a mesma roupa do corpo por um mês. O susto e o desespero se misturavam. Comecei a suar mais do que o normal até conseguir pensar e ver que as malas não retiradas tinham sido colocadas em pé atrás da esteira. A minha estava lá, foi só pegar e sair. Mas vida sem emoção e drama não tem graça, não é mesmo?

Finalmente consigo sair da área de viajantes e encontro meus familiares. Parece que saí do Brasil um ano atrás de tão exausta, mas ainda são 10 horas da manhã de um sábado. Estou respirando em dólar, vou deixar para descansar em reais. Aqui tenho é que curtir cada minuto.

Ao passar do portão, meu rosto tenso e cansado já melhora e sou só felicidade quando minhas primas Duda e Carol saem correndo para me abraçar. Nem acredito que estou aqui, agora a ficha caiu. Quem diria? Achei que só viria para cá nos meus sonhos, mas vim sem me programar muito. Com 25 para 26 anos, e estou, para variar, solteira "na cidade"... Vou fazer a Samantha, mentira, estou mais para Charlotte York mesmo. Ainda quero me apaixonar um dia, mas cadê esse homem que não aparece? Ai, gente, mil desculpas, mas amo Sex and The City e volta e meia solto piadinhas com elas... além disso, estou na cidade onde passaram todas as seis temporadas, permitam-me surtar!

Okay, tem a 6ª temporada em Paris também, mas um sonho de cada vez, por favor!

Capítulo 2:

DOIS DIAS EM NY

Meu primeiro dia é na casa dos meus tios. Tomo banho, almoço em casa mesmo e minha tia diz que vai me levar para dar uma volta para conhecer Wall Street. Ela falou que dá para ir andando. Bom, a primeira coisa que reparo é que o apartamento deles fica em Manhattan, bem em frente onde era o World Trade Center. Hoje em dia construíram dois prédios bem parecidos e existe o Museu e Memorial do 11 de Setembro embaixo, em homenagem às quase 3 mil vítimas do atentado terrorista orquestrado pela organização fundamentalista islâmica Al-Qaeda, no ano de 2001, quando dois aviões se chocaram contra as torres gêmeas, causando danos e consequentemente a destruição dos 2 prédios. A vista é linda e inacreditável. Quero me beliscar! Ajo como se tudo fosse muito natural, mas estou louca para contar para minha mãe cada detalhe. O problema é que ela odeia WhatsApp e ligar é caro demais, então vou postar umas fotos e esperar que ela veja e as curta, já que isso ela ama fazer. A primeira loja de telefonia que eu ver vou entrar e comprar um chip. Não dá para viver sem internet.

Na rua, só eu e ela vamos andando, as demais pessoas tem pressa para tudo. Até mesmo os outros turistas, parece que o mundo vai acabar se não correrem para fazer algo, desde pegar o metrô como pedirem um café. Filmo tudo, mesmo não tendo um blog nem nada, amo registrar momentos especiais e ficar assistindo. Sempre coloco umas músicas de Beethoven na edição, mas acho que a introdução desse vai ser com o Sinatra mesmo. Vou analisando as pessoas, fechando mais o casaco por conta do vento frio que bate. É lindo, mas ainda não se parece com os filmes que assisto. Minha tia vai me ensinando como voltar para a casa dela caso me perca, entrega-me um bilhete MetroCard e avisa que comprou ingressos para o Museu de Madame Tussauds, aquele lugar incrível que tem centenas de estátuas de cera das celebridades. Já que não é possível conhecer os ídolos ao vivo, a gente tira fotos com os bonecos de cera deles. Uns são tão perfeitos que parece que o artista está mesmo na sua frente! Sempre tive vontade de conhecer e, quando indago sobre nossa ida a Wall Street, ela responde que o Museu será a primeira parada já que sempre babei nas fotos que ela posta com as minhas primas lá. Na volta, passaríamos em Wall Street.

Não lembro quanto tempo ficamos no metrô, mas ao sair dele deparo com tudo que imaginei da Times Square e mais um pouco. São muitos letreiros, muitas pessoas e aquele frio maravilhoso. Nem sei por onde começo. Peço para minha tia tirar várias fotos, gravo tudo e todos, mas meu celular não funciona por aqui, então nada de *stories* para mostrar para as amigas o quão feliz estou. Vou ter que esperar o Wi-Fi de alguma cafeteria... Aliás, que vontade de tomar um café bem quentinho. Comento com minha tia, que me aponta um Starbucks.

Era tudo que precisava, então entro correndo e já fico de olho nas canecas. Sempre que viajo, costumo comprar alguma diferente que tenha visto, porque gosto de colecionar. Na pequena fila, fico pensando o que pedir. Bate uma saudade do pão de queijo, mas decido pedir aquele *muffin* de chocolate mesmo e um café gigante. Pergunto à minha tia o que ela quer, mas ela está no celular e nem entrou ainda. É a minha vez, Deus salve o curso de inglês! Imagina ter que esperar ela vir enquanto morro de fome. Peço, e a moça do caixa pergunta meu nome. Em segundos ouço "Charlotte" e, quando vou pegar, o atendente deixa escorregar boa parte do café quente pela minha mão e pelo meu casaco que ainda nem paguei. Socorro! Claro, para a desgraça ser completa, ele também suja minha calça jeans preferida.

Minha vontade é de gritar com ele, mas meu desespero é maior. Ele dá a volta no balcão e tenta me secar com um pano. Olho para o crachá dele e está escrito "Ethan".

— Você não sabe fechar o copo direito? Podia ter me queimado!

Ele tira o boné e, gente, como é bonito! Não era qualquer homem, não, era O homem. Estou quase dando razão quando dizem que as coisas importadas são melhores, porque nunca vi homem bonito assim lá no Rio de Janeiro. Quase peço para ele me limpar na casa da minha tia e, de preferência, sem camisa, porque foi impossível continuar me importando com o café quando um braço bem torneado estava à minha frente. Vocês devem estar me achando uma louca necessitada e talvez eu seja. Ele é bem mais alto do que eu e tem a barba rala de fios louros. O cabelo é liso e louro também, preso em um rabo de cavalo curto, que acaba sendo solto quando ele

Meu Crush de Nova York

13

tira o boné. E os olhos têm aquela cor de piscina, não sei nem descrever. Só sei que fora não saber fechar o copo, ele parece perfeito.

— Desculpa, não sei no que estava pensando...

Ele diz isso enquanto me entrega guardanapos para me limpar, eu queria dizer que também derrubaria algo em alguém se me deparasse com ele, mas não acho legal ser tão sincera. Noto que está morrendo de vergonha pelo que fez e tento demonstrar que está tudo bem.

— Olha, acontece, eu vou ali no banheiro porque está quase queimando minha perna, mas não se preocupe, vou dar um jeito de limpar isso.

— O banheiro é logo ali, se precisar de mais alguma coisa me avise, eu realmente não sei como não fechei esse copo direito, poderia ter te queimado, sinto muito.

Ele olha para mim na altura da coxa onde caiu mais café e logo vem outro rapaz para limpar o que caiu no chão, pego os guardanapos das mãos dele e estou quase chamando-o para vir me limpar no banheiro, mas claro que não o faço.

Fico o mínimo que posso no banheiro me limpando, se fosse no Brasil ou sem aquele deus americano ali fora, certamente, eu estaria bem irritada e preocupada com minha calça nova que comprei para viajar, mas quem liga para calças quando se encontra com tudo aquilo em uma cafeteria?

Quando saio, ele está esperando ao lado de minha tia, que levou um susto quando entrou e não me viu lá dentro:

— Meu Deus, está tudo bem? O rapaz estava me explicando o que houve!

Digo que sim e olho para ele, que me estende a mão com o café, o bolinho na outra e a nota que entreguei no caixa para pagar os dois:

— É por minha conta! — ele diz.

Agradeço, digo que coisas assim acontecem, mas sinto meu rosto queimar e provavelmente estou bem corada. Ele dá um sorriso sem mostrar os dentes — daquele que me faz ver que ele tem pequena covinha —, e, mesmo me sujando toda, já o perdoei só por causa dele. Por um segundo acho que ele me analisa de cima a baixo, assim como acabei de fazer. Aliás, acho pouco provável que alguma criatura consiga esbarrar com ele e não olhar para todos os cantos perfeitos de seu rosto e de suas mãos. O cara tem charme até para me entregar o café, eu beberia até o que eu não gosto se ele me entregasse. Por outro lado, acho que ele é menos óbvio do que eu, que já nem sei fingir que estou encantada. Tenho vontade de dizer que não é todo dia que eu esbarro no Brad Pitt de Lendas da Paixão misturado com o Viggo Mortensen – claro, porque ele é *igual* à mistura desses dois deuses de uns anos atrás, mesmo que aparente ser bem mais novo. **Não consigo disfarçar**; ele volta para o balcão e eu fico hipnotizada. Ele é todo bom, até esqueço que me deixou cheirando a café minutos atrás. Minha tia diz que precisamos ir, o Museu é logo ali, então saio comendo meu *muffin* e torcendo para que ele esteja me olhando quando eu me virar para fechar a porta.

Faço um charme jogando o cabelo, mas não sorrio. Quem consegue ser sexy com a boca cheia de *muffin*? Para minha tristeza, ele não está ali. Nem sei por que me animo tanto, até parece que o gringo ia gostar de mim. Deixe-me contar para vocês como sou: eu meço 1,70m e peso 90 kg! Sim, estou 20 kg acima do meu peso, e honestamente não costumo me sentir para baixo por isso, exceto quando sou julgada. Um bom exemplo é quando entro em lojas de roupa e a vendedora já me olha torto porque sabe que o GG minúsculo deles nunca caberá em mim ou quando simplesmente as pessoas, até mesmo as que têm zero intimidade comigo, sentem uma necessidade mórbida de me lembrarem que "dei uma engordada", ainda que não tenha pedido a opinião delas e que tenha espelhos em minha casa.

No entanto, isso vem de família e não quero e nem preciso ficar me explicando. Culpa de quem? Do meu pai! Como se não bastasse a genética italiana dele, há dois anos ele avisou à minha mãe que tinha se apaixonado. Acreditam nisso? Ele, com 50, e a moça do escritório dele, mais nova que eu, com 24 anos! Ela certamente estava super a fim dele, né? Aham, tão a fim que se separou dele seis meses depois de descobrir que ele não era nada rico. Meu pai tinha direito apenas à metade dos bens da família. Ao dividir os bens pela metade com minha mãe, não conseguiu nem comprar outro carro zero para ele e o apartamento ficou com a gente.

Deu para entender por que não curto o amor? Às vezes, acho até desnecessário. Okay que minha tia é casada há séculos com o marido, mas é exceção. Na minha família, a maioria se separou, então nem vou me casar. Deve ser maldição mesmo.

Dito isso, vamos curtir essa cidade e esquecer Ethan. Ele me lembrou Ethan Hawke, que deve ter idade para ser meu pai hoje em dia, mas eu já assisti mil vezes aquele filme "Antes do Amanhecer". Amo muito a década de 90, mas já deu para perceber, né? Pudera... já que eu nasci nela.

Vamos voltar à minha realidade. Andamos umas duas quadras e chegamos ao museu. E é exatamente o que eu esperava. Não gosto de tirar fotos com artistas, não vejo a menor graça nisso e sempre rio quando alguém diz que levou um fora. Porque, na boa, eu jamais pediria, mas aqui eles são estátuas, então curto o máximo que posso e filmo muito! Minha tia tenta acompanhar meu *vlog*. Passo por Brad Pitt e falo no ouvido dele que encontrei uma versão mais jovem dele hoje mesmo. Depois rio, porque claro que falei em português e as pessoas estão ao lado me achando ainda mais louca por isso. Vejo Morgan Freeman, com a mão estendida em uma pose típica de um cumprimento. Adoro esse cara; ele está em todos os filmes. E, lá está ela, minha atriz favorita! Até de cera ela fica diva. Sarah Jessica Parker está ao lado do marido Matthew Broderick. Paro de gravar e peço para minha tia tirar uma foto minha no meio dos dois.

Chego na parte de música e ali tem de tudo. Desde Michael Jackson até Justin Bieber, mas me agarro mesmo é na Beyoncé. Sou fã de carteirinha! Enquanto faço várias poses ao lado dela, pego-me cantando "Single Ladies", esse hino das mulheres solteiras:

All the single ladies
Todas as mulheres solteiras
All the single ladies
Todas as mulheres solteiras
Now put your hands up...
Agora levantem suas mãos

Sei toda a coreografia. Já perceberam que me empolgo com música, né? Depois de mais de cem fotos com estátuas de cera, a fome aperta. Bem ao lado do museu tinha um Hard Rock Café. Eu sou louca por esses restaurantes, adoro olhar as paredes e ver aquele monte de guitarras, fotos autografadas e discos de ouro de artistas que ouço minha vida toda. Caímos de boca em hambúrgueres imensos e a conta não foi nada barata. Ainda bem que minha tia se ofereceu para pagar. Junto com a conta veio um *flyer*. Nele falava que no domingo ia rolar uma festa à fantasia no mesmo lugar e que eu tinha ganhado um ingresso.

— Você pode ir! Olha que máximo, uma festa em Nova York. Isso é só uma vez na vida! — disse minha tia, tentando me animar.

Amassei o papel e respondi que não iria, que não tinha fantasia e sozinha não era uma opção. Odeio ir a qualquer lugar sem companhia. Mas nada no mundo é pior do que ela, quando coloca algo na cabeça... Ela desamassou o papel, me puxou pela mão e disse que precisávamos comprar uma roupa bem legal para eu ir! Qual parte do "eu não vou" ela não entendeu? Será que o tempo que ela passou morando aqui a fez esquecer o idioma nativo?

Animada, ela procurou no celular por lojas de fantasia... Eu só queria entrar na loja da M&M´s, porque passamos na porta e minha barriga pedia por um saco colorido daqueles. Mas claro que ela não parou! Óbvio que não sossegou enquanto não achamos uma loja a três quadras, superescondida, onde um cara sinistro saído de algum filme de terror nos recebeu. Sabe o que é pior? É que nos filmes de terror sempre falamos "ai, que idiota, por que abriu a porta e entrou nesse lugar bizarro?", mas eu fiz exatamente o que não devemos fazer.

Aceitei entrar junto com ela em um lugar iluminado somente por velas, onde com certeza as fantasias eram de Halloween! Um barulho de porta batendo com o vento foi ouvido logo atrás de nós e o tal moço perguntou o que eu estava procurando. Eu queria dizer: "A saída! E com vida, por favor!", mas nem deu tempo. A animadora de torcida, também conhecida como minha tia, disse que era algo bem sensual para eu usar em uma festa à fantasia. Oi?! Sensual? O que fizeram com aquela tia legal que me entendia e me levava em shows de rock quando adolescente?

Eu interrompi, disse que estava procurando algo bem *geek*, e então ele me mostrou uma roupa da Princesa Leia. Perfeito, parecia uma camisola de mangas compridas brancas, uma peruca bem parecida com a que Carrie Fisher usou no filme e estava resolvido. Quando ele falasse o preço, eu ia achar caro, mesmo que fosse um dólar, e ia agradecer, assim continuaria meu passeio.

Ele pegou a calculadora, fez as contas e disse o preço. Nem ia precisar mentir, era alto mesmo... Já estava agradecendo quando ela sacou o cartão e foi mais rápida:

— Vamos levar, é presente!

Não acredito! Desisto, já sei que vou passar a noite de domingo rodeada de estranhos e ainda fantasiada de Princesa Leia. Que mal eu fiz? Saio da loja com a sacola, passamos por outro Starbucks, mas não consigo não olhar lá para dentro e ver se Ethan está trabalhando. Eu sei, gente, que não existe um Ethan para cada filial da cafeteria, mas me deixa imaginar... Posso?

Depois de voltar de meu transe pensando no barista, 'acordo' com uma M.A.C bem na minha frente. Sou viciada em maquiagens e adoro mudar a cor do meu cabelo pelo menos a cada seis meses. Já fui loira, já pintei de preto e agora meu cabelo, que é castanho-claro, está na cor natural, porque obviamente sem trabalho não posso ficar gastando tanto assim com salão. A primeira coisa que faço ao entrar na loja é explicar para a atendente meu superprograma — só que não — de domingo. Ela me mostra várias opções que tem a ver com meu look e, claro, com a peruca que usarei. Ainda não acredito que aceitei isso... O moço da imigração era sensato.

Meu Crush de Nova York

17

O que acontece por aqui, que fique por aqui, por favor! Saio de lá uns 70 dólares mais pobre, mas feliz.

Separei um dinheiro para trazer, mas não queria sair gastando como louca, e só hoje já gastei a cota que tinha estipulado de 100 dólares por dia, porque logo em seguida entrei em uma AT&T. Comprei um chip e morri em 30 dólares... Nem vou converter para reais para não entrar em depressão profunda. Andamos muito e eu só quero esquecer a furada que havia sido inserida nos meus planos de viagem para o dia seguinte. Para voltarmos, passei pelo mesmo Starbucks e, ainda melecada de café, dei uma espiada lá dentro! Claro que minha tia perguntou se eu ainda estava com fome. Às vezes ela demora para sacar as coisas.

Finalmente passamos por Wall Street, andamos até o famoso touro e encostei nas bolinhas dele, sempre na esperança de ficar rica. Entramos em seguida na TJ MAXX, onde me acabei nas comprinhas de roupas de marca com precinho de Marisa e saí feliz e supercarregada de sacolas.

Passamos em vários lugares que reconheci dos filmes que assisto e olha que não são poucos. Para cada lugar uma foto, devidamente guardada para ser postada quando achasse um Wi-Fi!

Fui seguindo o roteiro guiado pela minha tia e, como já tinha falado de alguns lugares que tinha muita vontade de conhecer, fomos em seguida para o Rockfeller Center, todo enfeitado de ovos de Páscoa imensos e coelhos feitos de plantas. O pessoal patinando no meio e, como era idêntico ao que vi nos filmes que amo, deixei escorrer uma lágrima. Coisa linda esse lugar, mas cadê meu 4G para eu fazer um *stories* e mostrar para minha minha melhor amiga, a Juli? Nos conhecemos desde os 10 anos e ainda mantenho com ela diálogos de quando tínhamos 15. Quando estamos juntas, ninguém diz que já nos formamos, que já somos adultas; O tempo não mudou nossa amizade em nada, e é sempre ela quem aguenta minhas crises.

Inclusive, quando meus pais se separaram, ela enxugou muitas lágrimas minhas. Aliás, bateu saudade dela. Bem que ela poderia ter vindo comigo, mas estava toda esperançosa com um cara que combinou de estudar com ela. Eu acho que o cara anda enrolando a Juli, mas só ela não percebeu ainda. Bom, voltando à minha viagem, desistimos de subir para o observatório, para poder ver a vista da cidade, porque a fila estava gigante!

Então lá fomos nós. Pegamos outro metrô para a lojinha mais desejada: a da HBO. Vocês não têm ideia do que tinha na vitrine: tudo do Game of Thrones! Tenho uma coisa com Jon Snow. Quando vi o display na vitrine já surtei e, andando na estreita loja, tive mais crises de consumismo ainda. Estão ligados que ali tinha GOT, SATC e True Blood? Melhores seriados da vida! Ah, que a Netflix não me ouça! Sou viciada em vários deles também! Pena que minha grana é curta! Levei uns ímãs e uma caneca e aproveitei para tirar foto de tudo para lembrar as coisas que queria comprar e não pude.

Quando o dia é divertido, passa voando. Deu a hora de voltarmos para casa e finalmente lá pude atualizar minhas redes sociais, mas sou mega flopada. No Instagram só tenho 114 seguidores, isso quer dizer o quê? Que tenho oito curtidas para cada foto. Bem que queria ganhar a vida recebendo produtos e testando, tirando fotos e recebendo milhares de curtidas... Imagina que incrível ganhar viagens para o exterior? Entendo que os youtubers têm um trabalho danado para colocarem seus vídeos no ar e gerarem seu conteúdo, mas eu certamente teria prazer em trabalhar com algo assim enquanto não retomo minha carreira. Mentira, acho que não levo o menor jeito para isso, sou tímida para falar à frente de uma câmera gravando, portanto, não daria certo.

Parando um pouco de pensar na vida, voltemos à minha viagem: jantamos por lá mesmo e minhas primas fizeram muitas perguntas. Queria contar do *crush* barista, mas elas são muito pequenas para entenderem o que é isso. Então, só falei de como estava achando Nova York incrível, mas ainda faltava conhecer o Central Park. De acordo com minha tia, isso aconteceria amanhã. Por dentro eu ainda torcia para que ela desistisse de me obrigar a ir nessa tal festa do Hard Rock. Eu poderia simplesmente me negar? Poderia, mas aí teria que aguentar o eterno discurso de que nunca corto o cordão umbilical, de que só sei sair acompanhada por alguém, e que minha mãe é a culpada disso. Pensando bem, é melhor eu ir. Depois eu poderia tranquilamente usar aquela roupa na próxima JediCon no final do ano.

Dormi como um anjo e acordei com minha prima Carol me chamando para assistir Dora Aventureira no quarto dela.

Saímos logo depois do café da manhã. A família inteira, incluindo meu tio, pegou o metrô para que eu conhecesse o famoso Central Park. Quando saio do metrô, deixo cair meu casaco. Levei-o no braço porque imaginei que estivesse mais frio. Quando abaixei para pegar no mesmo vagão que acabara de descer, vi o *crush* entrar. Como assim? É, tenho certeza de que era ele... voltei para dentro do vagão com o casaco preso na porta e minha tia sem entender nada, acenando para que eu voltasse. Que lindo! Pagar mico internacional... Enquanto isso, o *crush* se sentou de costas para mim; nem para me ajudar!

Não me dei conta que não sabia para onde o trem iria, esperei a próxima estação para arrancar o casaco da porta e agi "naturalmente", andando sem me sentar em nenhum banco. Mesmo com o vagão lotado de assentos vazios, achei bonitinho ele de cabeça abaixada lendo. Era Harlan Coben, gente! Que culto! Bati o casaco sem querer no livro e fiz um "Ops... Sorry!" e então aconteceu o que vocês já deviam estar imaginando. Não era o *crush*, era cilada! Como eu o vi ali, gente? Não tinha nem os olhos claros, os dentes nem eram perfeitos iguais aos dele! Percebi que estava muito louca mesmo para ter visto o cara uma vez e focar minha viagem nele.

Consegui pegar o metrô no sentido contrário e reencontrar meus tios. Resumindo meu domingo, finalmente conheci o parque. Era maravilhoso mesmo, mas o que me chamou atenção foi a roda-gigante que ainda não tinha visto em nenhuma foto, patrocinada por uma famosa loja de departamentos. Ela era imensa, e claro que minhas primas quiseram andar, o que acabei não aceitando, pois sempre enjoo nesses brinquedos. Sério, já dei alguns belos vexames em parques de diversões, por isso que corro de montanhas-russas.

Claro que amei ver o chafariz que aparece em tantas cenas de filmes que amo, mas me recordei mais foi de Encantada mesmo. Que filme fofo! Patrick Dempsey poderia ser meu pai, mas, como não é, me deixem sonhar com ele, por favor! Sou bem a favor de provar ao mundo que amor não tem idade... Sim, eu não aceito a ex do meu pai, mas é um caso diferente. Estava na cara que aquilo ali era só interesse e, além disso, meu pai era casado, eles já começaram errados. Voltando ao Dempsey... poderíamos ser felizes juntos, se ele não fosse casado com a mesma mulher há quinhentos anos... Como ele é, e ela chegou antes, vou sonhar com o barista que é o melhor que faço.

O Central Park é tão imenso que acabamos comendo por lá e o dia passou correndo. Voltamos exaustos depois de tantas caminhadas pelo local. Eu, então, que sou mega sedentária, tive que correr em dobro porque minhas primas levaram seus patinetes e voaram com aquele treco.

Voltando para casa, me deitei, supercansada, querendo cochilar. Tinha mensagens da Juli no WhatsApp, querendo saber como tinha sido minha viagem e as novidades... Respondi o seguinte:

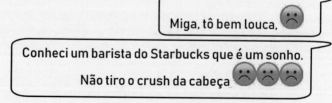

RAFFA FUSTAGNO

Um tracinho, dois... Ficou azul e vi o *online*. Que alegria! Ela me conhece bem, falou para eu curtir a viagem e mandou um:

> Se joga no gringo \o/

Precisava rir. Nem falei da festa, porque ela com certeza me mandaria ir! Não sei quanto tempo demorou para que eu caísse no sono e nem quanto tempo me deixaram dormir. Duda entrou no quarto avisando que o jantar estava na mesa. Fui sonolenta e mal cheguei na sala e já dei de cara com o olhar de espanto da minha tia.

— Você está atrasada, achei que estivesse se arrumando! — ela disse, saindo da cozinha.

Implorei para não ir, tentei explicar que odeio andar só e que também não curto nada ir a festas sem que conheça alguém! Falei ainda que não queria pegar o metrô à noite sozinha... Claro que nada funcionou. Até carona com meu tio ela tinha arrumado. Jantei sem vontade, com um pouco de raiva da situação. Não era bem grandinha para ser obrigada a algo? A questão era que me sentia mal de dizer não a eles, como se fosse uma obrigação fazer o que me pediam, mesmo que isso tivesse a ver com ir sozinha a um lugar que eu não queria. Mas eu estava hospedada na casa deles por muitos dias, não os via há mais de um ano, já que no Natal do ano passado não conseguiram viajar para o Brasil, então a bobona aqui aceitou tudo que falaram, mesmo sabendo que a chance dessa festa entrar para o *hall* das piores da minha vida era quase certo.

Vesti-me lentamente, taquei a peruca de qualquer forma, mas minha tia apareceu atrás ajeitando e já me maquiando. Enfiei-me no carro com o celular em mãos, louca para ligar para minha mãe e pedir ajuda, mesmo sabendo que ela não poderia fazer nada. Então optei por me desligar e curtir essa noite infeliz. Estava me sentindo muito ridícula com aquela peruca. Ainda que amasse a personagem, acho que ficamos encabulados quando saímos fantasiadas para uma festa e somente você ao redor está de fantasia. Se mais alguém estivesse comigo, acho que teria tido mais coragem, mas naquele momento o que tinha para mim era ir a uma festa onde eu não conhecia ninguém, e ainda fazendo *cosplay* de Leia.

Meu Crush de Nova York

Capítulo 3:
SIMPLESMENTE COMPLICADO

De carro foi bem rápido. Meu tio tentou quebrar o gelo, mas desistiu quando respondi monossilabicamente. Chegando no Hard Rock, senti-me na ComiCon. Aliás, trocaria fácil por qualquer evento Geek & Nerd que amo do que essa pagação de mico ianque.

Fiquei na fila, mas pelo menos não me sentia ridícula, porque só do lado de fora tinha três Princesas Leias! Quando finalmente entrei, agradeci a Deus por ter encontrado uma cadeira. Sim, tenho 92 anos e não via a hora do meu tio me buscar dentro de duas horas, conforme combinamos. Queria ter coragem e senso de direção para poder pegar o metrô e voltar para a casa deles... ou para qualquer lugar longe dali!

O pessoal superanimado e eu com fome, a tal peruca estava coçando minha cabeça. Tentei segurar a vontade de ir ao banheiro, mas fui vencida. Passei com dificuldade pelo Homem de Ferro, pela Mulher Maravilha e até pela Elvira, a Rainha da Trevas. A fila do banheiro tinha uma rainha Amidala, que demorou bastante para conseguir entrar com aquele perucão na cabine do banheiro.

Na minha vez, saiu uma Avatar que manchou a tampa da privada de azul. Segurei o vestido e, pronto, primeira etapa vencida, consegui sair de lá ainda com a roupa branca, mas vi Rapunzel bem chapada agachada na privada ao lado com a Malévola segurando seus cabelos para que ela vomitasse. Nessas horas o bem e o mal se juntam...

Não sei o que aconteceu, mas ao ouvir um Ed Sheeran remixado, saí de mim. A música começou e lá fui eu:

RAFFA FUSTAGNO

I'm in love with the shape of you
Estou apaixonado pelas suas formas
And now my bedsheets smell like you...
E agora minhas cobertas tem o seu cheiro...

Fechei os olhos e me entreguei à música. Queria gritar "é a minha música!!", mas sem meus amigos do meu lado isso perdia toda a graça. Isso só era bacana no meio de conhecidos. Quando abri os olhos, um Darth Vader desajeitado dançava na minha frente, ou pior, comigo! Sim, talvez essas coisas só aconteçam mesmo comigo. Qual a probabilidade de o Darth Vader dançar com a Leia? Comigo tudo é possível, eu não tinha como ver a cara dele, devia ser pavoroso, quem ia cobrir o rosto em uma festa?

Dei um risinho, fiz um "Oi!" e parei de dançar. Achei uma mesa para pedir o maior hambúrguer da casa e aproveitei para descansar os pés na cadeira ao lado. Quando alguém de preto parou ao meu lado, nem levantei o rosto. Pedi o hambúrguer do cartaz e só reparei que não era garçom quando, com aquela voz de quem subiu 20 andares de escada, ele respondeu:

— Não sou o garçom, mas posso pedir pra você!

Era o Vader, ou o cara mala vestido de Vader. Agradeci e disse que não precisava, ele insistiu e se sentou na outra cadeira que restava em minha mesa. Achei abuso da parte dele:

— Desculpe, mas não me misturo com o lado negro da força.

Falei em tom de brincadeira, mas com muito fundo de verdade. Ele riu, ainda de capacete com a voz bizarra e teve coragem de responder:

— Nossa história quem escreve somos nós!

Para minha sorte, o celular dele tocou. Aproveitei que estava ocupado caminhando para um canto menos barulhento, para ir embora. Só aí me toquei que ainda faltava uma hora para meu tio chegar. Que sorte a minha, não? Isso porque eles queriam que eu ficasse umas cinco horas por lá, mas consegui convencê-los de que amanhã iríamos acordar junto com as meninas para as levarmos à escola e concordaram. Minha noite não seria um desastre total, porque o Hard Rock Cafe tinha Wi-Fi. Tive que voltar e pedir a senha, porque meu celular não pegava ali dentro no 4G de jeito nenhum, então vi Darth vindo.

Gente, por que o mal nunca desiste?

Fingi que estava com pressa, mas ele veio na minha direção e pegou meu braço, escorregando para cintura, puxando-me para perto dele até dizer, ainda de capacete, que alterava a voz real daquele ser – seja lá quem ele fosse –, uma frase que não sabia se ria ou se o matava:

Meu Crush de Nova York

23

— Chica, te quiero!

Não, gente, era isso mesmo, aquele filhote de Donald Trump, que só devia ligar para o próprio país e ainda tinha a ousadia de usar a roupa de um dos meus vilões favoritos achou mesmo que eu falava espanhol. Empurrei--o e coloquei o dedo na cara dele — ou melhor, no capacete — esquecendo a educação que recebi um dia.

— Olha só, primeiro que eu sou *brasileira*! Sabe onde é o Brasil? Claro que não! Deve achar que a capital é Buenos Aires... Segundo que não sou sua amiga para você me agarrar assim! Até agora não percebeu que está me incomodando? Se não fosse covarde, já teria tirado a máscara, capacete... Seja lá como você chama isso!

Meu rosto queimava de ódio. Comecei a suar, para variar, mesmo o local estando frio para o que estou acostumada. Confesso que o tal Vader tem pegada, mas não é assim que se chega em alguém. Ele estava visivelmente alto, se tivesse falado com delicadeza, mas não, já chega assim me tratando como um copo cheio de cerveja que se acha no direito de pegar e saciar essa sede toda...

Gente, o que eu estou falando? Nunca vi a cara dele, deve ser um feioso qualquer e ainda não tem educação... E nunca na vida que ficaria atraída por alguém vestido de Vader! Se quer me ganhar, que venha de Luke Skywalker... Não, pera! Lembrei agora que são irmãos e isso fica esquisito demais! Vem de Han Solo, então, que vou lembrar do Ford mais novo, na medida certa. Estou sonhando acordada, só pode. O fato é que ele veio errado, fez tudo como não deveria e pouco me importa como ele é sem capacete!

Voltemos à minha raiva, que era tanta que nem percebi que ao redor de nós juntou um monte de pessoas. Tinha Hulk, Batgirl, Harry Potter e até a Katniss Everdeen. Ele não falou mais nada, ou melhor, balbuciou um "sorry!" e entrou novamente na casa. Eu nunca sonhei que viria para Nova York para passar por isso, minha vontade era chorar muito, mas a Leia era corajosa e eu tinha que honrar aquela fantasia, nem que fosse pela memória de Carrie Fisher.

Consegui a senha, mandei a mensagem e meu tio apareceu em minutos. Não tive coragem de contar que foi péssimo, disse que não estava me sentindo bem, e fui no carro, pensando no que falei para aquele cara achar que meu idioma nativo fosse espanhol. Sempre fui elogiada em todos os lugares por causa do meu inglês, mas vai ver meu sotaque me entregou, nunca morei no exterior para perdê-lo.

Contei tudo em um **áudio** imenso para Juli pelo Whats e entrei no banho querendo esquecer aquele dia. Não sei o que Nova York andava fazendo comigo. Eu sempre fui calma, mas andava nervosa. Nunca fiquei louca por um cara estranho, ainda mais um que derramou café em mim. O que fizeram com a Charlotte que eu conheço? Sabe o que era pior? Eu que tinha acabado de passar por um episódio péssimo de um flerte malsucedido, tinha dito que o cara tinha pegada... Onde estava a minha cabeça??

Dormi com as ideias a mil. Não sabia se tinha feito certo de gritar com o Darth e mandá-lo tirar o capacete. Ele estava errado de pegar na minha cintura, mas todo mundo bebeu naquela festa, as pessoas sempre saem um pouco – ou muito! – de si quando o álcool entra. Depois, eu entendo que não é não e ele de fato parou quando viu que não curti a investida. Acho até que ficou muito sem-graça.

Ele estava errado, é fato! Mas em momentos como esse, toda vez que minhas amigas me contaram histórias parecidas de idas a baladas e de abordagens indesejadas, eu sempre soube quando era assédio e quando não era. A diferença era essa, aquela palavra de três letras, o não! Essa palavra tão pequena e poderosa ao mesmo tempo, que deveria sempre congelar um homem e fazê-lo voltar atrás quando a ouvisse. Apesar de amar drinques, não tinha bebido nada, deve ter sido essa a diferença. Geralmente já chego calibrada e fico mais animada nas festas que frequento. Fiquei pensando que ele tinha sido infeliz ao chegar em mim, mas que assim que viu que eu não tinha gostado, pediu desculpas e se afastou. Mas sou esquentada, então tive que gritar, atrair a atenção de todos... Na hora o sangue ferve.

Não gostei de ser confundida com outra nacionalidade, estou tão exausta de explicar que não falamos espanhol, que a Argentina é outro país... Isso acontecia direto no antigo trabalho. Cheguei a me interessar por um gringo britânico que não sabia absolutamente nada do país que tinha vindo trabalhar. Era Carnaval, caipirinha, meia dúzia de nome de jogadores de futebol que atuaram na Europa e só. Eu sempre esperava mais, queria que as pessoas se interessassem pelo meu país como eu me interessava pelo delas, mas pelo visto era algo muito raro.

Meu Crush de Nova York

Capítulo 9:
ATRAÍDOS PELO DESTINO

Enfim, Vader não me fez passar a noite em claro, só atrasou duas horas de meu sagrado sono. Chegando na casa dos meus tios, não quis conversar com ninguém, fui direto para o banho e apaguei todas as luzes para que eles achassem que eu estava dormindo. O dia seguinte começaria cedo.

Já é o terceiro dia de minha viagem e tudo o que queria era dizer à minha tia como ela estava errada em praticamente me obrigar a ir naquilo ontem, mas respirei fundo. Sabia que ela queria que me divertisse, afinal, ela tinha noção de como o divórcio dos meus pais, associado à perda do meu emprego tinham mexido comigo.

Acordei com o barulho das crianças e fui me divertir com elas, que queriam passear comigo, mas tinham aula. Fomos caminhando até a escola delas quando minha tia avisou que, após deixá-las lá, me levaria para conhecer o Lincoln Center. Como ela teria outras coisas para resolver, me deixaria por lá e voltaria em cerca de trinta minutos. Como sempre quis conhecer aquele espaço, fiquei muito animada. O sol que abriu não deixava que o dia ficasse nem muito quente nem frio, em uma temperatura ótima para tirar fotos, caminhar pelos prédios e apreciar tudo que eu via só pela TV.

O Lincoln Center Performing Arts é sede de doze companhias artísticas. Eu nem estava acreditando que estava entrando nele! Havia um cartaz escrito "Lincoln Center Tours". Claro que me interessei e paguei os 25 dólares (mais o imposto básico) para poder entrar em espaços que já receberam Luciano Pavarotti, por exemplo. Sim, sou eclética, gosto de música, assim como meu pai. Um de meus filmes favoritos, Cisne Negro, foi filmado ali, por Darren Aronofsky. Sim, vocês lembram quando Natalie Portman faz sua performance no famoso filme? É no palco do New York City Ballet, que faz parte desse complexo.

Ali também foi possível ver a Julliard School, que é super renomada. Fui com meu celular, tirando fotos onde era permitido. Em algumas salas, havia placas para que não fizéssemos barulho e minha pequena excursão obedecia. Eu era a mais nova de um grupo com uns seis japoneses. Eles acompanhavam o guia, que andava e falava tão rápido que saí pegando todos os *folders* que via para ler em casa depois.

Encantada com tudo, fui atraída por uma música de Mozart, que ouço desde que me entendo por gente: Pequena Serenata Noturna. Confesso que não prestei mais atenção no guia, fui atrás da música que levava a uma porta semiaberta onde vi uma moça de cabelo longo ao piano, acompanhada de um rapaz que tocava seu violino como quem brinca com algo que tenha muita intimidade. Fiquei apreciando os dois. Queria filmar, mas certamente estragaria o momento, então guardei o celular. A música acabou e o rapaz que estava de costas se virou. Era ele... o barista! Tenho certeza agora, mas sei que vocês não acreditam mais em mim, afinal, eu o vejo em todo o lugar. Saí correndo, procurando a saída. Corri até a entrada do prédio onde, assim que parei, ouvi uma voz:

— Olá! Não é a moça do avião? Charlene?

Era Igor, o amigo falastrão do voo.

— Não é Charlene, e sim Charlotte! E sim, sou mesma! O que faz por aqui?

Não sei por que me interessei por isso... O que eu tinha a ver com o que ele fazia ou não por ali? Educado como sempre, ele me explicou:

— Vim buscar a Luiza, minha esposa, lembra que te disse? Ela é pianista e estuda aqui, deve estar acabando o ensaio para a apresentação em poucos minutos.

Verdade, eu é que estava invadindo a área dos dois. E claro que o Mister Simpatia queria que eu esperasse muito pela esposa dele para poder me apresentar. O que me salvou foi minha tia – pelo menos uma vez na vida, né? Afinal, ela é PhD em me meter em programas ruins – que apareceu se apresentando. Bem que os dois poderiam ser amigos. Igor e ela são parecidos, não param de falar um minuto.

— Já fez amizade? E com brasileiro? — disse ela, já querendo saber nome, telefone e número do passaporte.

Expliquei que viemos no voo juntos, mas nem precisei falar muito mais, porque ele se apresentou por completo, contou a história da esposa

Meu Crush de Nova York

27

e ainda fez um convite:

— Hoje à noite vamos jantar no Junior's, quer vir conosco?

Obviamente que eu sabia o que era o Junior´s, afinal, tinha aparecido no filme onde a Carrie finalmente se acertava com o Mr. Big, mas eu não serviria de vela. Agradeci, inventei que tinha outro programa e saí correndo puxando minha tia, inventando que estávamos atrasadas para algo. Dei desculpa de que mais tarde enviaria uma mensagem para combinarmos uma boa data para ambos. Ainda estava bem atordoada, seria muita coincidência encontrar o barista? Eu sei que também pensei tê-lo visto no metrô, mas dessa vez era verdade, eu tenho certeza que era ele... ou podia ser alguém muito parecido...

Fui dormir pensando no Ethan. Nova York definitivamente tinha algo bizarro no ar que me fazia sentir as tais borboletas cafonérrimas no estômago que lia nas legendas dos filmes românticos. Sim, como eu vi filmes que passavam na cidade, desde os superromânticos como "Escrito nas Estrelas", passando pelos tristes como "Outono em NY", aos marcantes como "O Diabo Veste Prada". Se eu fosse somar todos os filmes que vi nessa vida, com certeza seria nessa cidade, onde a maioria dos longas foram filmados. Pode ser que isso estivesse mexendo com minha capacidade de ser mais razão e menos emoção.

Quando estamos viajando o tempo voa. E como na semana seguinte, já tinha sido avisada que teria que rodar a cidade por minha conta, já que as minhas primas entrariam em semana de provas, foi a vez de colocar o *planner* de viagem debaixo do braço. E sim, fiz um superorganizado, com todos os lugares que queria conhecer, valores das entradas ou se eram gratuitos e tempo que eu tinha até escurecer. Sei que Nova York não é perigosa como o Rio, mas cariocas são medrosos, ou melhor, eu sou *super*medrosa.

Capítulo 5:

ESCRITO NAS ESTRELAS

Não quero falar mal da cidade dos outros, não, mas se tem algo feio em Nova York é esse metrô. Eita lugarzinho medonho! O do Rio dá de dez a zero. Dura como sou, tive que economizar, então nada de táxi. Só tirava umas fotos na frente para saberem que era Nova York, né? Tem algo mais famoso que esses táxis? Ah, sim, a dona Estátua da Liberdade, mas ela é muito longe e o passeio era bem carinho, então no meu primeiro dia sem companhia optei por ir mais a fundo na Times Square. Na verdade, queria passar pela Broadway e mesmo que não conseguisse ir a peça alguma, queria fotos com os cartazes e as entradas de cada teatro que só via nos filmes...

Tirei fotos na frente dos cartazes de: "Chicago", "O Fantasma da Ópera", "Wicked", "Hello, Dolly!"; e de meus desenhos Disney prediletos: "O Rei Leão" e "Aladdin". Empolguei-me imitando o cartaz onde passava Meninas Malvadas e estiquei o pau de *selfie* o máximo que pude, não percebendo que ao virar acertei em cheio um homem cujo celular se espatifou bem na calçada à minha frente. Não sabia muito o que pensar nem se o homem ia me matar. Quando peguei para devolver, vi que era um iPhone. Meu Deus, será que prendem quem não tem grana para cobrir esses danos, aqui nos Estados Unidos? O homem então tirou o boné antes que eu falasse a segunda palavra e disse:

— Não acredito que é você!

Bom, nem eu acreditava que tinha quebrado o celular do barista, que também era violinista, e que, como já falei, era *muito* gato! Também achei incrível que ele não tivesse dado bola para a tela toda rachada quando entreguei e, ainda sorrindo, fez questão de me pagar um café.

— Desculpe, acho que café é uma péssima ideia, não foi assim que

Meu Crush de Nova York

comecei a te odiar?

Eu queria dizer outra coisa, mas disse odiar e, na verdade, eu já não queria café algum. Queria sumir, não... eu queria sumir com ele! Queria cena de filme com direito a beijinho cafona e pezinho para cima, mas só o que vi foram pessoas reclamando em alto e bom-tom de nossas presenças no meio da calçada atrapalhando o vai e vem insano nova-iorquino.

— Olha, eu sinto muito pela sua roupa!

Gente, esse cara existe? Ele sente muito pela minha calça suja da C&A de menos de 100 reais que, no dinheiro dele, dava menos ainda e eu tinha acabado de espatifar o celular dele que era mil vezes mais caro...

— Não, eu que sinto muito — interrompi. — Aliás, fiquei irritada naquele dia, mas era só uma calça. Minha tia tacou na máquina de lavar e está tudo certo! Mas seu celular, sei que nem adianta levar na loja que não vão trocar esse vidro...

Eu ainda tentava me desculpar quando ele disse:

— Eu não ligo! Só acho que há certas coisas que estão escritas, que devem acontecer... Esse esbarrão aqui na entrada do teatro, o café derrubado, você indo na escola que estudo....

Nessa hora eu ruborizei.Ele sabia que eu o tinha visto tocar? Então me viu saindo correndo como louca pelo Lincoln Center? Queria estar morta...

— Espera um pouco, você me viu? Ou seja, sabe que vi você lá... Lembrou do meu rosto?

— Eu lembro sim, claro! Olha, isso pode parecer a cantada mais idiota que você ouviu, mas você é uma pessoa difícil de esquecer. E de verdade... Eu adoro esse seu sotaque!

— Eu tenho sotaque forte? Puxa, tantos anos estudando para perdê-lo e sou desmascarada no primeiro diálogo.

Ri, mas nada chateada de verdade, apenas tentando fazer charme para o *crush* que, devo informar-lhes, estava abusando de todo direito que tinha de ser bonito. Cada vez que ele sorria e aquelas covinhas apareciam, eu esquecia onde estava e quem eu era... Acho que ficamos parados uns vinte minutos falando nada com nada, relembrando o celular rachado e o café derrubado, até que ele disse que tinha ensaio e perguntou meu nome.

— Ah, tá vendo... Eu sei o seu, "Ethan", mas se você acredita em destino como disse, não vou te falar o meu. Vou escrever meu nome, e-mail e número do celular nesse guia aqui e esquecer em algum lugar. Se você achar, é porque temos que nos ver novamente.

Ele não entendeu nada. Era óbvio que era uma brincadeira, mas nosso amigo lindo, como boa parte dos homens, não tinha visto "Escrito nas Estrelas", então peguei o celular quebrado e anotei nos contatos meu nome e celular.

Dei três passos dando tchau, mas torcendo para que, assim como nos filmes, ele dissesse que não iria mais para o compromisso que tinha, que preferia me mostrar a cidade. Mas virei a rua, olhei para trás e ele deve ter entrado no metrô... Pensei que tinha sido idiota? Claro! Terceira vez que esbarro com ele em poucos dias nessa cidade, meu cupido deve estar me odiando nesse momento.

O jeito era tirar mais fotos, cansar de bater pernas e usar a internet gratuita de outro Starbucks, afinal, não dava para pagar por recarga em dólar toda hora. Eu até desligava os dados móveis para poder economizar, mas ficaria quase um mês em outro país, jamais conseguiria me desligar totalmente da internet, o problema é que toda vez que entrava nessa cafeteria eu me lembrava do Ethan e, na minha cabeça, qualquer uma delas tinha um clone dele... Quem me dera.

Assim que meu Wi-Fi conectou, tinha uma mensagem de um número ainda não registrado. O avatar no WhatsApp era uma foto de lado de alguém de boné, o texto dizia:

> Oi! Se estiver livre hoje à noite e quiser esbarrar em mim – sem celulares e cafés, por favor! – novamente, o que acha dessa vez de ajudarmos o destino?

Eu não respondi de imediato porque sou desconfiada... O que um cara lindo, maravilhoso, gostoso, deus grego, músico, dos dentes perfeitos, do cabelo maravilhoso, e do corpo que ainda não vi, mas que pelo que pude apurar também é um espetáculo, queria com essa pobre brasileira que vos fala?

Em dias normais, dividiria minhas dúvidas com a Juli. Em momentos de surto como esse, optei por mandar um emoji sorrindo e responder:

> Superlivre para esbarrar em você 😊
> Me diga hora e local, por favor não muito longe porque não conheço essa cidade direito!

Ah, com certeza minha mãe, se soubesse dessa troca de mensagens e esbarrões, diria que sou louca, que americanos são todos doidos, que amam dar tiros por aí e que têm um monte de *serial killers* especializados em latinas novinhas e bobas como eu.

Mas, às vezes, a falta de comunicação é uma benção, não é mesmo?

Meu Crush de Nova York

Aqui estou eu me arriscando... Minha tia preocupada com as filhas, minha mãe achando que estou com minha tia.... E eu focada em ver o *crush* novamente. Cada um com suas prioridades.

O único problema é que o ensaio dele terminaria apenas às 16h! Eram ainda meio-dia! Não fiz nem metade do meu roteiro e não conseguia pensar em mais nada, então optei por voltar para a casa dos meus tios, dar aquela descansada – viajar cansa, gente! – e colocar outra roupa, apesar de saber que não tinha levado nenhuma mais arrumada para essa viagem.

Capítulo 6:

ENCANTADA

Para ser muito sincera, tenho vergonha do que estou sentindo. Sempre assisti a tudo criticando a atitude das apaixonadas, sempre achei o amor algo sem graça, falso... que era eterno enquanto durasse ou até uma das partes se interessar por outra pessoa. Talvez seja trauma por ter pais separados, por ter visto algumas amigas serem traídas e por eu mesma já ter terminado meu penúltimo namoro porque vi meu ex com a professora dele de musculação. Sempre me blindei contra o amor, eu nunca o senti de verdade, por isso nem sei o que ando vivendo com essa experiência. É algo com data de validade, que na verdade nem começou, ele é só o carinha gato que derrubou café em mim, e que eu já me imagino andando de mãos dadas no Central Park... Acorda, Alice! Em que mundo eu vivo?

Tive que inventar uma mentira aos meus tios; não acho que eles de fato fossem se importar, mas teria que inventar um monte de coisas porque não queria contar com detalhes sobre essa noite, fosse ela boa ou não. Com o mapa do metrô em mãos, eu me aventurei e foi fácil chegar na saída da 50th. O número que ele me deu era 1650 Broadway. Será que iríamos ao teatro? Chegando próximo, vi uma imensa fila em volta do que parecia um restaurante chamado Stardust. Não precisei procurar muito por ele, que estava usando um casaco preto e havia tirado o boné, com os cabelos presos em um meio coque. Ele fez sinal para que eu atravessasse a rua. Ao vê-lo, não sabia se dava dois beijinhos, porque americano não é chegado nisso, né... Então optei por só dar um oi e perguntar como foi a aula.

Em uma rapidez impressionante chamaram o nome dele para entrar. Ele abraçou a *hostess* que lhe deu uma piscadinha. Lindo como era, todas as mulheres e homens olharam para ele quando tirou o casaco e entrou no salão do barulhento restaurante lotado de luz de neon e com atendentes cantando em cima das mesas. Ethan encostou as mãos em minhas costas e senti um arrepio na coluna. Ele disse em meu ouvido:

— É a mesa no canto esquerdo.

Senti todos os meus pelos se arrepiarem. O que esse cara fazia comigo? Só podia ser macumba, isso é tudo muito esquisito! Sentei-me, ainda um pouco hipnotizada e ouvindo-o finalizar o assunto que conversávamos do lado de fora. Ele estava me contando sobre a aula, e pesquei palavras como "professor rígido", "nota errada", e entre um trecho e outro eu sonhava acordada, olhava sua boca e a vontade de encostar nela com a minha era algo inexplicável, então fiz algo que somente uma pessoa sem noção faria.

Passei a mão no cabelo dele, coloquei um pedaço para trás da orelha e recolhi a mão sem saber por que tinha feito aquilo. Não era momento, não tinha que ter feito, alguém me dê um tapa, por favor? Mas ele apenas riu, abaixou o rosto como quem sente vergonha, quando quem devia estar morta e enterrada era eu! Mordendo o lábio inferior falou:

— Sabia que eu amo que mexam no meu cabelo?

Eu como sou muito fora de hora nos meus diálogos, enfiei o cardápio na cara enquanto a moça que havia acabado de nos perguntar o que queríamos beber pediu desculpas e disse que era a vez dela. Subiu no meio das mesas e entoou Memory, de Cats, o musical, que passava a poucas quadras dali. Parei para ouvir, que voz linda... Comentei com ele, que disse que aquele lugar era celeiro de muitos atores e cantores, cujo sonho era fazer parte de alguma peça da Broadway.

Desatei a falar. Contei que amo peças e filmes, que meu sonho era ver Wicked, mas que nunca tive a oportunidade, que amava Grease também e que o restaurante lembrava os cenários do filme... e que já tinha visto Cats no Brasil. Quando disse isso, ele me interrompeu:

— Peraí, você é brasileira? Não é argentina?

Por que ele pensou que eu era argentina, gente?

— Humm, não sou argentina. Sou brasileira.

— Desculpe, eu achei que falasse espanhol. Eu tenho que te pedir desculpa por duas coisas.

— Se é pelo café, já ganhei de você com a tela quebrada...

— Não, é sério, você não sabe que não nos vimos somente no Starbucks, no Lincoln e, enfim, no esbarrão...

Claro que não entendi nada. Ele deu um supergole na água que já tinham nos servido.

— Charlotte, eu sou o Darth Vader.

Caí na gargalhada, né? *Que bom que não sou o Luke*, pensei, mas não disse. Será que o *crush* estava bêbado? Que Vader, gente? Já que ele morreu e estava falando com mortos, sou o garotinho de "O Sexto Sentido".

Muito sério, ele continuou:

— Eu era aquele Darth Vader da festa do Hard Rock. Eu reconheci você, e quis você. Acredite, eu nunca tinha feito isso. Não costumo beber, mas um amigo com quem divido o apartamento me convenceu a ir porque queria ficar com a Tifanny, a Noiva do Chucky. Bem ela não é noiva, você me entendeu... Uma garota fantasiada que ia e nem lembro o nome, os dois sumiram juntos e eu aproveitei as bebidas incluídas no ingresso... Acabei de fazer 21 anos, antes nem podia beber por aqui. Então eu vi você, linda... de Princesa Leia...

— Peraí, não precisa falar mais nada. Achou que a turista argentina aqui era uma bobona e pensou: por que não rir da cara dela?

— Não, não foi nada disso. Será que posso explicar?

— Poderia, se não tivesse mentido para mim. Na verdade, poucas coisas na vida me irritam mais do que a mentira. E você mentiu pra mim o tempo inteiro. Sabia quem eu era, como pôde fingir tanto? E como eu posso acreditar em algo seu daqui para frente?

— Me beija.

Do nada assim ele falou para eu beijá-lo. Interrompendo meu momento de fúria, ele não ouviu nada do que disse?

— Você é surdo? Não ouviu nada do que estou lhe dizendo? Não vou beijar você.

— É por isso que precisamos dos lábios, pois só os lábios se tocam para viver uma vida de felicidade sem fim.

Pronto, é maluco mesmo.

— Isso é um deboche?

— Não — ele disse bem sério. — Isso é uma fala de Encantada, filme que aposto que você já viu algumas vezes. Não acredita nela?

— Que ótimo momento para me lembrar de um filme que se passa aqui, mas não vou cair nesse seu galanteio barato.

Enquanto dizia isso a ele em voz alta, lembrei de outra fala do filme que combinava com esse momento: "Essa conversa repugnante de beijo de amor verdadeiro realmente acorda o pior em mim". Eu sei que você deve estar dizendo que devo parar de me preocupar tanto com algo que não tem futuro e que estou de férias – mesmo que não tenha emprego quando voltar, posso chamar de férias visitar um lugar e voltar para minha casa, certo?

Ele interrompe meus pensamentos:

— Acho tão legal quando fica pensando no que fazer. Já reparou que você fica assim no seu mundo como se nada mais existisse pensando em como agir em certas situações?

— Sim, isso se chama no meu país de "conversando com meus botões", mas não faz o menor sentido em inglês.

Olhava para a outra mesa querendo sumir, mas também pensava que ele tinha pedido um beijo e se tudo isso não fosse uma grande besteira, por que desperdiçar a noite? E o que eu poderia esperar de alguém que é anos mais novo que eu? E o pior é que não aparenta... Essa barba dele, esse corpo... Sim, as roupas dele são um tamanho menor, acho que ele esticou e esqueceu de comprar peças do tamanho certo! Não que eu esteja reclamando... Foco, Charlotte!

O ponto aqui é que ele poderia ter tirado o capacete e ter revelado quem era, e não o fez porque não quis... ou porque estava bêbado, o que não sei se serve de desculpa para a pegada na cintura... Eu sabia quando algo me incomodava, meu corpo dava sempre os mesmos sinais: o excesso de suor, o rosado no rosto, a testa começava a coçar... mesmo sabendo que irritada eu sou uma metralhadora disparada, falei o que sentia:

— E achou que seria uma ótima ideia gastar seu péssimo espanhol me pegando pela cintura e me cantando? Que papelão... E, oi? Você tem só 21 anos com essa cara de 30? Por isso fez isso, é um criança! Eu não consigo confiar em você, digo... como amigo! Amizade requer confiança, não é? E eu não tenho mais isso com você, é como cristal quando quebra, sabe? Não adianta colar! Não fica igual... ainda que a gente tente. Por que não me disse nada? Por quê?

— Eu tenho cara de 30?? Nunca ninguém me disse isso... E por que está me chamando de criança, você é tão mais velha assim? Tipo o quê? Um ano?

Fiquei espantada de ele só se importar por eu ter dito que ele era mais velho. A raiva que estou sentindo pelo que fez ele não percebeu? Não é possível! Okay, eu exagerei, ele tem cara de no máximo 27, isso muda algo? Parece mais velho, sim... Ele acabou de dizer que sou mais nova! O beijo? Claro que não! Ele mentiu para você, Charlotte! Ele é MENTIROSO... mas um mentiroso tão charmoso! Olha esse braço dele, essa boca perfeita pedindo um beijo... Tenho e preciso me controlar! O que está acontecendo comigo? O que fiz comigo mesma?

Levantei-me, esperei que ele pegasse meu braço, mas ele não fez. Eu ia embora, no Brasil teria feito isso, jamais aceitaria que homem algum mentisse para mim e ficasse por isso mesmo, mas ele mexia comigo de um jeito que não vou tentar explicar, porque eu não me reconheço! Fui até o banheiro. Era pequeno e estava lotado. Aqui tudo é refil, está explicado tanta gente aqui dentro. Precisava molhar o rosto, pensar se o mandava para o inferno ou se continuava minha noite sem futuro algum.

Era isso que estávamos cavando, um passatempo de viagem. Eu tinha amigas namorando, uma noiva e uma casada com filho, mas eu não. Eu vivia o que não vivi aos quinze e me sentia agindo como se tivesse essa idade, só que eu não estava em uma colônia de férias. Faltavam poucos dias para eu completar 26 anos, já tinha experimentado muita coisa que se tivesse 15 anos a vida não teria permitido, inclusive essa viagem... Preciso acreditar que era para eu estar aqui. Será que acredito nesse lance de destino?

Já sei, vou voltar para mesa e perguntar o signo dele... Tem gente que acredita nisso, depois corro para algum site para saber se a gente combina e se devo perdoar esse cara... Vai ver os astros me responderão se é melhor eu focar nos museus e nos parques do que perder meu tempo com alguém que nem beijei, mas já mentiu para mim, acho que temos um recorde! Chamem o Guiness!

A quem quero enganar? Tenho horror de signo. Quando começam a me perguntar que dia nasci e qual o meu ascendente quase bocejo na cara da pessoa.

Okay, hora de encarar a realidade. Volto para mesa, sou péssima atriz, estava chateada, mas minha irritação era menor do que meu encanto com ele.

— Por que fez isso? Olha, eu não tenho 22 anos, tenho quase 26, completo daqui a uma semana! Não sou criança, não posso lidar com crianças... Me desculpe, mas acho melhor eu ir embora.

Sim, voltei ao drama do "vou embora". Não consegui decidir o que queria de fato, mas era mais do que um pedido de desculpas. Talvez eu quisesse algo que nem ele estivesse preparado a me dar, ou que pensasse que era só um rolo de um dia... Pode ser isso. E por que pediu um beijo no meio da discussão? Eu não conseguia parar de pensar se não deveria tê-lo beijado naquela hora, ele citou uma fala de Encantada, a quem quero enganar?

— De verdade, Charlotte, eu não sei. Não entendo o que está acontecendo comigo. Desde que te conheci, tenho me sentido assim. É algo único...

Parei meus pensamentos para escutar com atenção o que ele dizia e a primeira coisa que entendi ao voltar do mundo "só meu" era isso. Parecia papinho de conquistador, mas surrealmente eu acreditava, porque era exatamente assim que eu me sentia com ele. Baixei a guarda, voltei para minha cadeira e me sentei, ouvindo-o. Eu não iria embora, não poderia. Ele tinha acabado de descrever como eu estava me sentindo só que não disse nada a

Meu Crush de Nova York

37

ele. A reciprocidade me congelou. Não tínhamos beijo para contar história, nem mãos dadas, mas era o olhar, o cheiro, o estar presente... e, de repente, todos os finais felizes gravados naquela cidade pareciam ter mais sentido quando ele sorria.

Então, sim, vocês devem estar me chamando de otária e papa-anjo, mas eu não me importei com nada do que já tinha acontecido. Com ele, tudo estava sendo diferente. Se fosse dois dias atrás que alguém me contasse essa história, eu diria que isso é uma palhaçada, que certamente a pessoa deve ser muito desocupada e necessitada para, ao invés de aproveitar uma cidade como Nova York, se encantar com o primeiro gringo maravilhoso que aparece... Ai, gente, é maravilhoso sim! E cheiroso também! E que corpo, viu? Olha que só vi de roupa... mas tem coisa que a imaginação funciona muito bem quando precisamos e a minha está com mais ideias para romances do que a cabeça de Nora Roberts que escreve quase um livro por mês.

Não consegui responder nada a ele, eu só o encarava e disfarçava, fingindo estar interessada no que os cantores/garçons cantavam... No fundo, minha cabeça estava longe, pensando em como a vida de alguém pode mudar em menos de uma semana. Isso é incrível! A garçonete parou de cantar. Ela era linda, loira e parecia saída de Pretty Little Liars. Com aquela cinturinha, não comia aqueles hambúrgueres e muito menos os *milkshakes* que serviam. Ethan pediu um sanduíche, dizendo que queria o de sempre. Para mim, o mais importante era a gente, era ficarmos a sós.

Eu não estava com fome. Queria ouvir mais dele, queria que o tempo parasse para que eu não ficasse imaginando que daqui a algumas horas cada um iria para seu lado.

Aproveitei o silêncio, dei um gole na bebida, enxuguei as mãos suadas na calça, limpei o bigode de suor. É, eu estava visivelmente tensa...

— Eu te perdoo, mas, por favor, nunca mais minta para mim, amigos não têm segredos... ou, pelo menos, não deveriam ter! Eu não suporto mentiras, isso me tira do sério.

Não terminei de falar, ele calou minha boca com o dedo indicador, passou o dedo fazendo o contorno dela e eu petrifiquei. Meu coração batia tão forte que se no restaurante estivesse mais silencioso teriam ouvido. Fechei a boca para que continuasse, ele fez apenas um "shhh". Não entendi, eu falava demais? Eu estava me abrindo e ele me mandando calar a boca? De romântica, passei a revoltada com aquela atitude. Eu sei, sou uma pessoa sempre na defensiva. Ethan finalmente falou:

— Nunca, nunca mais vai ouvir algo de mim que não seja a verdade.

Eu te prometo!

Eu sei que não sabia nada dele, mas, olha que bizarro, eu também não sabia mais nada de mim! Talvez nunca tivesse percebido como namorar nem sempre quer dizer amar. Tive namorados, sim, mas nada pode ser comparado com a intensidade disso, dessa coisa que não sei nomear, que me toma por dentro e me faz sonhar.

A garçonete chegou com dois pratos de hambúrgueres com fritas. Eu, que não tinha pedido nada, ainda me surpreendi com a comida inesperada. Ele disse que imaginou que eu estaria faminta:

— E escolheu por mim?

Surpreso, ele viu que não gostei tanto assim da atitude. Não estava irritada, só gostava de escolher minha própria comida.

— Olha, tudo bem, eu entendo que quis me agradar, mas da próxima vez espera eu voltar para a mesa? Eu detesto desperdício e você pediu com salada, eu não como salada.

Rapidamente ele fincou com o garfo a alface e os tomates, jogou no prato dele e disse:

— Problema resolvido! Salada nunca mais, pedido sem você estar presente, jamais. Lições aprendidas!

Claro que eu achava fofo todo o esforço em me agradar, mas ainda tinha os dois pés atrás com ele por ter mentido e com a nossa diferença de idade.

Enquanto comíamos, ele me contou da sua vida. Ethan era de Duluth, na Geórgia, uma minicidade com menos de trinta mil habitantes. Quando terminou o Ensino Médio, seus pais não tiveram grana para que ele fizesse a tão sonhada faculdade de música na Georgia University, então um professor que acreditava muito no potencial dele conseguiu que ele tivesse bolsa integral na Julliard School em Nova York. Ela era mais conceituada, mas Ethan ficaria distante de seus outros amigos e teria que morar em Nova York.

Para pagar o aluguel do apartamento que dividia com mais duas pessoas no início, ele precisou arranjar um trabalho de meio-período, mesmo que os pais ainda o ajudassem com uma pequena quantia para se manter. Quando Ethan se mudou, anos atrás, o aluguel ficava um pouco mais barato, porque era dividido em três, mas agora ele só morava com Bill.

Contei da minha vida, dos meus planos, e ele achou estranho que eu dissesse que tive poucos namorados, mas que acho que nunca tinha me apaixonado de verdade. Expliquei que nunca me permiti parar para pensar no como, só percebi o quanto eles não eram importantes para mim quando foram embora, e não chorei um dia sequer... Só não acrescentei que sempre fui bem desacreditada no amor e que até debochava de quem dizia que se

Meu Crush de Nova York

39

apaixonou à primeira vista até esbarrar com ele, porque, né... A gente às vezes tem que parar de dar tanta indireta. Também omiti a traição do penúltimo, afinal, quando a gente se sente mais feliz por ter se livrado, do que triste por ter perdido, é porque algo já não estava funcionando mais. Ethan tinha namorado duas vezes, a última era alguém de Nova York que estava se formando, e a primeira foi para o Canadá, expatriada pela empresa que a contratou. Não disfarcei o sorriso por saber que ele estava livre, leve e solto.

Quando terminamos de comer, agradeci pela escolha. O sanduíche, que parecia maravilhoso, era de fato, divino. Ainda com a boca cheia, vi quando ele levantou e a *hostess,* amiga dele, pegou o microfone, apontou para nós dois e começou a cantar com o garçom a música "Summer Nights". Eu não acreditei...

Summer loving had me a blast
O amor de verão foi incrível
Summer loving happenned so fast...
O amor de verão aconteceu rápido demais

Perdi toda a vergonha. Eu fazia o coro, batia palmas e boa parte do restaurante também, me diverti muito! Ethan me olhava com uma cara linda, parecia gostar de ver eu me divertindo! Comemos, cantamos, não exatamente nessa ordem, e na hora de pagar a conta, fiz questão de pagar o meu. Odeio esse momento. Ainda mais depois que sabia que Ethan era um rapaz esforçado e que precisava do dinheiro para o aluguel, mas ele disse que já estava pago. A *hostess* gatinha perguntou se estava tudo certo e eu realmente quis saber por que ela não cobrou nada da gente...

— Ethan, desculpe, mas é comum vir a restaurantes e não pagar?

Ele riu.

— Quem disse que não foi pago? Só porque não foi apresentado dinheiro não quer dizer que não foi pago...

Fiquei confusa. Perguntei de onde ele conhecia a *hostess*.

Eu sei, não tinha esse direito.

— Ela namora o Bill, o rapaz que divide o apartamento comigo. Volta e meia dou ingressos para irem em concertos no Lincoln Center, e ela faz essa gentileza, mas nem sempre venho aqui, estou com créditos nessa troca. Nada aqui em Nova York é barato, é importante termos muitos amigos, aprenda isso.

Capítulo 7:

SE ENLOUQUECER, NÃO SE APAIXONE

Há vários momentos em um primeiro encontro que odeio.

Odeio quando parece que já acabou, mas você não sabe se ele precisa ir para casa ou não. Também não sei em que hora é certo perguntar se nós nos veremos novamente. Não suporto não saber se o que senti é o mesmo que a outra pessoa também está sentindo. Já fui a tantos encontros porcaria que só queria sumir. E se eu fui o 'encontro péssimo' desse homão? Sumo agora?

Também já me relacionei com pessoas que pareciam interessadas na primeira saída, mas depois nunca mais ligaram, e quando eu fui atrás – não sou mulher de ficar esperando ligação, invento alguma desculpa e já vejo o que houve – nem parecia o mesmo ser de tão desanimado em falar comigo. Por isso eu sinto aquela dor na barriga que é pura tensão. Não vou nem citar o meu suor excessivo, porque já devem imaginar como estou. Não é por acaso que, toda vez que vou ao banheiro, reforço o desodorante. É praticamente uma mania, mas uma necessária. Continuo na mesma... em que momento devo falar sobre uma próxima vez? Aliás, como perceber se haverá uma próxima vez?

E, por último, mas não menos importante, quando devemos beijar alguém? Em que instante eu concluo que é recíproco, que quero ser beijada, mas ele também quer me beijar? Eu sei que para cada beijo há um momento, mas isso nunca é definido. Antes de beijar alguém, minhas primas mais velhas diziam: "Você vai saber a hora certa". Pois é... anos depois e eu não faço a menor ideia de qual instante é a tal hora certa.

— Você tem que ir para casa agora? — ele perguntou.

— Moro longe, então no mínimo demoraria umas nove horas para chegar em casa mesmo. O Brasil não tem um metrô que ligue a Nova York, pelo menos não até eu ter saído de lá para cá, pode ser que tenham inventado...

Tem hora que acho que devia desistir de minhas piadinhas sem-graça. É notável como ele ri por educação. Nunca fui boa piadista, não seria agora um bom início de carreira no *stand up comedy*.

Mas o sorriso continuou. Sorte a minha que ele sorriu! Quando ele fazia isso, me desarmava... Eu já nem lembrava a besteira que havia dito.

— Charlotte, eu queria te pedir desculpas novamente. Por tudo, eu deveria ter dito a verdade.

— Você já prometeu que não fará mais...

— Nunca mais. Agora só digo verdades. Desculpe-me pelo beijo que pedi no meio da discussão, quis parar a briga e acho que minha frase do filme pode ter sido dita em um momento infeliz.

— Não foi... juro. Se souber mais falas de filmes, pode usar comigo à vontade.

— Lembrei de uma: "Só não quero criar expectativa nas pessoas e depois desapontá-las".

— Sua frase ou de um filme?

— De um filme, vi outro dia no Netflix.

— Não acredito que não lembro dessa. Vou chutar. Amizade Colorida?

— Nãooo... errou! O que ganho?

— O meu perdão.

— Já tinha ganhado isso, Charlotte, ou não?

— Tinha sim. Mas para de me deixar curiosa, fala logo o nome do filme, será que nunca vi?

— Se enlouquecer, não se apaixone.

— Tarde demais.

Respondi dessa forma, dando o maior mole da minha vida, esse deveria entrar no Guiness, o livro dos recordes. Senti meu rosto queimar, mas antes que ele dissesse algo ou a vergonha me matasse eu completei:

— Já vi esse filme, mas só uma vez e tem tempo, não me recordo de todos os diálogos.

— Perdoada. Vamos dar uma esticada até o Central Park, o que acha?

Eita, lembrei de todos os avisos para não andar com maníacos à noite, próxima a parques, mas Ethan parecia ser do bem. E depois, quantas vezes na vida eu tinha sentido tanta confiança em alguém? Não me recordo. A caminhada levou mais de vinte minutos, mas, com ele falando sobre suas músicas e lugares favoritos na cidade, tudo passava mais fácil.

— Aqui é a Columbus Circle. Sempre às quintas, tem um grupo muito legal que se reúne do outro lado da rua e toca toda a madrugada. Como hoje é mais vazio, podemos nos sentar nesses bancos e ver o povo rico passeando com seus cães quando tem insônia. Aqui ao redor é um dos aluguéis mais caros de Nova York.

Nós nos sentamos ali. De fato, passaram pelo menos quatro pessoas com cães, duas delas de pantufas e pijamas. Rimos quando o cão escolheu quase fazer xixi na perna de Ethan.

O vento de abril batia forte e o frio não era exatamente o que eu esperava sentir com o casaco superleve que havia colocado. Minhas mãos frias encostaram nele, que imediatamente tirou o casaco e colocou sobre minhas costas. Disse que não precisava, mas aquele cheiro de Sauvage, um perfume que amava sentir no Free Shop, tomou conta de mim. Nossa, aquele cheiro eu reconhecia em qualquer lugar.

— Amo esse cheiro, esse seu perfume é maravilhoso!

Por que eu não calo a boca? Se for falar tudo que amo nele ficaria meses...

— Você nem sabe como consigo perfumes de Dior!

Adiantei-me, soltando mais uma gracinha sem nenhuma graça:

— Já sei, seu outro amigo namora a moça da sessão de perfume da Macy's!

Ele caiu na gargalhada. Ou era engraçada e não sabia, ou ele também estava gostando de mim. Não sei qual das opções era menos bizarra.— Errou! Um dos meus amigos tem a ver com isso, sim. O pai dele é dono de lojas de perfume na França, ele é meio brigado com o pai, então mesmo tendo pagado a faculdade dele, meu amigo não aceitou morar no apartamento que o pai tem fechado aqui perto! Preferiu gastar a mesada morando com dois pobretões. Ele sempre me dá perfumes de presente: aniversário, Natal... Uso para ocasiões especiais...

Eu ouvi direito, meu inglês não era ruim... Eu era uma ocasião especial?

A hora passava e eu sabia que tínhamos que nos despedir. Ele me acompanhou até o metrô e perguntou se eu queria a companhia dele até a casa de meus tios. Disse que não era necessário, mas por dentro queria qualquer segundo a mais com ele.

Ele então esperou eu passar a catraca do metrô. Virei como quem pede que seja dito alguma coisa, e ele não me decepcionou:

— Amanhã... qual a programação da turista?

Respondi que não sabia, mesmo querendo ouvir que estava disponível para qualquer passeio, até os que mais odeio. Se ele falasse para andarmos de patins, eu toparia. Se ele quisesse ver um jogo de basquete, eu iria. Não porque sou fraca e não tenho vontade própria, mas sim porque tenho mui-

Meu Crush de Nova York

43

ta vontade de estar com ele em qualquer lugar. A companhia às vezes faz valer a pena pequenos sacrifícios. Queria ouvir que ele ia me mostrar a cidade. Certamente eu teria o guia mais gato do universo e, quanto mais ele me guiasse, mais eu me perderia.

— Me passa o endereço onde você está, te pego às 10 horas! Não tenho aula amanhã e estou de folga no trabalho.

Ah, meu Deus!!! Muito obrigada por ouvir minhas preces! Essa frase só podia ter ajuda básica divina. Fui feliz pelo metrô, sonhando com Ethan. Eu via que as pessoas me olhavam, porque eu ria sozinha, cumprimentava quem eu nem conhecia... deveria estar com cara de maluca, mas era felicidade. Quando pensei que acordaria e que já tinha certeza de que o veria, era para glorificar de pé!

Voltando ao mundo real, achei meio confuso essas placas de Nova York. As ruas perto da casa da minha tia parecem todas iguais, ainda mais à noite, mas achei o prédio. Ao passar pela portaria, o recepcionista disse que minha tia tinha deixado uma chave para mim, então imaginei que estivessem todos dormindo. Fiz o mínimo barulho possível e me deitei. Tinha mensagens da Juli, da minha mãe e eu respondi todas. Uma notificação do Instagram, cuja última foto era eu no avião, uma curtida (nas 5 que ganhei) e um arroba novo: @ethanmusicismylife

Ele estava me seguindo e tinha curtido minhas fotos... Pedi para segui-lo, pois era privado. Queria ver as fotos dele. Como meu Instagram é aberto, ele pode ver todas as minhas, mas não sei se homens americanos fazem isso.

Ethan era diferente, ele me fazia sentir especial, e isso me deixava ainda mais louca por ele.

Capítulo 8:
A DIFÍCIL ARTE DE AMAR

Acordei antes de o despertador tocar, olhei para o WhatsApp e quis dividir minha alegria com alguém, então mandei mais uma mensagem para Juli:

> Miga, acordada? Só digo uma coisa: "É hoje que os humilhados serão exaltados!" #partiusaídacomoCrush

Ela não só visualizou na mesma hora como me mandou a resposta pedindo para que eu contasse com detalhes! Mas isso ficaria para mais tarde.

— Bom dia! — esbarrei na minha tia na cozinha e cumprimentei.

— Bom dia, querida! Hoje estou com o dia lotado, mas, se você quiser, podemos sair à tarde quando as crianças estiverem na escola.

— Ah, tia! Eu agradeço o convite, mas fiz amizades por aqui e vou ficar fora o dia inteiro.

Pela forma como me olhou, certamente achou que sairia com o Igor e com a esposa dele, mas em nenhum momento pensei em ligar para eles e ficar de candelabro. Às dez em ponto eu desci e fiquei bem na entrada do prédio da minha tia. Após quinze minutos, só conseguia pensar no bolo que tinha levado. Queria voltar para casa e ficar em posição fetal chorando e ouvindo Adele, mas ele apareceu no final da rua, acenando e de bicicleta. Eu sei que sou ansiosa e dramática, mas gente... Já avisei que é a primeira vez que sinto essas coisas, certo? Todas as vezes que fiquei com alguém, eu fazia de tudo para não me envolver, sempre esperando pelo pior, e preferia acabar antes que gostasse mais da pessoa.

Meu Crush de Nova York

Mas dessa vez, sei lá o que me deu. Eu sei que as chances de que aconteça algo e dê certo são muito pequenas, era só uma viagem de quase um mês em Nova York para curtir cada pedaço do lugar que vejo em meus seriados e filmes favoritos, mas algum cupido malandro resolveu atacar. Nesse exato momento, só consigo sorrir ao vê-lo se aproximando e já me desespero ao lembrar que não tenho bicicleta aqui. Na verdade, nem no Brasil, porque não sei andar em uma e acho que não é uma ideia legal andar naquele ferro. Odiei as poucas vezes que peguei carona na bicicleta de alguém.

— Desculpe pelo atraso, mas eu tinha perdido a chave do cadeado da bicicleta. Até achar, tive que acordar meu amigo porque ele tinha mudado o lugar... — disse ele, se desculpando.

—Tudo bem — interrompi. — Mas já vou avisando que não tenho bicicleta para acompanhar você.

— Ah, sem problemas. Nós vamos de metrô mesmo. — Por dentro, suspirei de alívio. — Vou deixar a bicicleta presa aqui perto do prédio e, quando voltar, eu busco. — Perdi-me um pouco na conversa, focada em sua boca e em seus olhos, que me deixavam um tanto tonta. Acordei de meu transe quando ele perguntou: — Qual o roteiro de hoje, turista?

Então, eu tinha um roteiro antes de conhecê-lo, mas agora? Agora queria que ele realmente me guiasse, mas como dizer isso sem parecer "a oferecida"? Optei por fingir tranquilidade e falei como se aquela beleza dele não me abalasse.

— Eu queria ir ao Grand Central Station, porque ainda não conheço. Você me leva?

— Claro! — E subitamente o *crush* sorriu. — Eu serei o seu guia — brincou.

Reparei em sua camiseta. Era um tamanho menor do que ele vestia, a cueca Calvin Klein ficava de fora, mostrando o elástico com o nome imenso dando a volta em seu quadril... Um cinto logo abaixo prendia a calça *jeans* um pouco surrada e o tênis que precisava de uma boa lavada. Mas uma das coisas que eu mais amava nele eram os braços! E, pela primeira vez, como ele estava sem manga, reparei que tinha uma tatuagem; pelo menos era a única maior aparente: uma rosa imensa vermelha. Coloquei a mão como quem faz a pergunta de sempre:

— Doeu para fazer?

Ele me olhou nos olhos e, arregaçando a manga da camiseta, me mostrou outra que parecia algo tribal:

— Essa não, mas a do ombro, sim; todas têm seu significado muito forte para mim, doeu mais perder quem me deixou as saudades.

Quis fazer mais perguntas, eu sei, sou muito curiosa, mas tinha que aproveitar para saber mais dele. Esperei que quisesse falar, enquanto caminhávamos, e ele continuou:

— Eu era muito ligado a meus avós. Meu avô amava música, ouvia todo tipo. Ele morreu em 2015, a tatuagem do meu ombro que pega o início do braço é uma homenagem a ele. Tem notas de músicas espalhadas e mescladas com símbolos tribais. Já minha avó, nos deixou esse ano. Ela se chamava Rose e eu quis lembrar dela para sempre com algo que não saísse de mim... Ainda me emociona lembrar deles.

Eu queria abraçá-lo, dizer que sabia o que sentia, que também morria de saudades dos meus avós, mas só consegui colocar a mão em seu ombro e dizer que ia ficar tudo bem. Não falei mais nada, aquele momento era dele. Não era hora de falar da falta que eu também sentia, porque todos nós sentimos isso de alguém que não está mais com a gente.

Quis animá-lo, mas não sabia como... Para a minha sorte, ele mesmo se animou quando vimos o local. Chegando ao Central Station, Ethan realmente se fez de guia. Começou a falar quando puxei a câmera para filmar o lugar que achei lindo demais, assim como via nos filmes:

— Inaugurada em 1903, o local só passou a se chamar Grand Central Station em 1913. Aqui temos mais de quarenta plataformas de onde saem os trens que levam os nova-iorquinos a muitas outras regiões. Além disso, aqui foram rodados muitos filmes. Um dos mais famosos é "Os Intocáveis", com Kevin Costner e a clássica cena do tiroteio e o carrinho de bebê.

Eu filmava cada segundo, tinha certeza de que estava apaixonada, nem notava o que tinha na Grand Central Station, porque eu só conseguia notar uma coisa: ele. Simpático, bonito e culto... E ainda me servindo de guia! Se aquela não era a melhor viagem da minha vida, qual seria, então? Ok, eu só tinha feito poucas viagens, mas aquela ali já era "A" viagem.

Parei de filmar e ele pegou a câmera da minha mão e pediu que eu fizesse pose. Mesmo sendo supertímida na frente dele, baixou em mim a Alessandra Ambrósio e saí fazendo caras e bocas, o que fez com que ele sorrisse mais vezes e me deixasse ainda mais louca para agarrá-lo ali mesmo. A verdade é que eu me divertia MUITO com ele. O tempo parava e, às vezes, voava. Era algo muito louco e ainda assim delicioso.

O celular dele tocou. Eu só o via balançando a cabeça, dizendo que pegaria um táxi correndo e que estaria lá o mais rápido que desse. Um aperto no peito se deu na mesma hora, porque, como sempre, imaginei o pior, de que teríamos que nos separar porque algum imprevisto aconteceu. Mas ele,

Meu Crush de Nova York

47

ao desligar, pediu que eu o acompanhasse até o táxi:

— Vem comigo, Charlotte! Esqueci que fiquei de devolver o violão de um amigo que deixei no armário lá da faculdade. Ele me emprestou, mas vai fazer um show daqui a pouco e precisa dele. Esqueci totalmente. Se importa de vir comigo?

Respondi que iria com ele. Entramos no táxi e, apesar do trânsito nova-iorquino, demoramos cerca de vinte minutos no trajeto. Ethan pediu que o motorista fizesse pela E 43rd e pela 10th Avenue, enquanto ele mandava mensagem para o amigo para dizer que tudo daria certo. Nesse meio-tempo eu me esforçava para enxergar o que ele escrevia. Não aguentei de curiosidade e fiz mais perguntas, para variar:

— Por que você estava com o violão do seu amigo?

— Porque íamos formar uma banda para ganhar uma grana extra, em festas, mas acabou que a ideia ainda não foi pra frente e ele ensaiou comigo lá até tarde. Acabamos deixando guardado, porque ele ia sair com uma garota depois. Só que eu tinha prometido que levaria para minha casa, que é bem perto da casa dele, mas quem disse que lembrei? — explicou.

Ethan ainda completou dizendo que teria que entrar sem mim para ser mais rápido, mas que eu podia esperar ali fora. Como aquele lugar era lindo! Tirei fotos dos cartazes informando as óperas em cartaz, do chafariz que amava e das bailarinas que entravam e saíam apressadas. Elas nem precisavam estar de sapatilhas, o penteado e a pose eram fáceis de serem reconhecidos. Claro que elas não perceberam que eu estava tirando foto, porque não usei *flash*.

Quando ele voltou, pegou-me pelo braço e pediu que corrêssemos, porque tínhamos que chegar lá antes das duas. Gente, como assim? Era mais de uma hora e eu não tinha sentido fome alguma? Mas foi só lembrar disso que minha barriga – discreta como eu – roncou bem alto, e Ethan ouviu:

— Assim que entregarmos o violão dele comemos algo, ok?

Balancei a cabeça sorrindo. O metrô confuso de Nova York era tirado ao pé da letra por ele, que, no caminho, me contou toda a história de Jesus. Não do Cristo – essa eu sei, né, gente? –, do amigo dele mexicano que se chama Jesus e é o dono do violão. Ele toca em festas e, também, em um bar que tem música ao vivo, e hoje era o dia. Jesus até tinha dois violões, mas hoje ele usaria esse que tem, de acordo com o explicado por Ethan, "uma acústica diferente".

Saltamos em um bairro que não fazia ideia de onde era, mas o acompanhei. Ele apressou o passo para um prédio meio antigo, sem elevadores. Subimos muitos andares de escada que dava em um tipo de galpão com algumas cadeiras e dois microfones em pedestais, e era só.

— É aqui que seu amigo toca?

— Não, é aqui que ele ensaia, mas já era para estar aqui — respondeu-me, pegando o celular para verificar se tinha alguma mensagem.

Sentei-me em uma das cadeiras. Ethan estava visivelmente preocupado de Jesus não estar ali ainda. Pelo visto, ele tinha dito que era urgente e agora não estava onde combinaram. Quis melhorar o ânimo puxando papo, mas sempre fui péssima nisso:

— Você também toca?

Apontei para o violão que ele carregava.

— Sim. Não tão bem quanto imagino que toque violão, mas na casa dos meus pais tem dois modelos. Um dele era do meu avô, que guardo com muito carinho.

Por um segundo, quase fiz "ownnn", mas me segurei.

Ele tirou o violão da capa e colocou em cima de outra cadeira. O lugar era bem quente, o que fez com que ele tirasse o casaco que usava, mostrando que por baixo usava uma camiseta de gola V preta. O que deixou que eu visse como os seus braços tinham aqueles músculos de quem não malha, mas faz algum esforço que os deixava levemente torneados. Ethan também tinha veias um pouco saltadas, que apareciam ainda mais quando mexia seus braços. Elas ficaram chamando ainda mais minha atenção quando colocou o pé na cadeira, apoiou o violão na calça *jeans* rasgada e dedilhou algumas notas.

— Toque algo para mim enquanto Jesus não vem...

Eu sei o quanto essa frase soa estranha, porque para mim, Jesus é Jesus, mas foi exatamente o que disse. Ele baixou a cabeça e sorriu, mordendo o canto da boca...

— Lembra na festa do Hard Rock que falei em espanhol com você?

Claro que lembrava. Foi bem ridículo, mas se soubesse que era ele, tinha dançado Anitta e ido até o chão. Olha o que o amor faz... opa! Eu não amo ninguém, tá? Foi só forma de falar. Respondi que sim, ele continuou:

— Eu não falo espanhol, mas sei cantar em espanhol. Decorei muita coisa com Jesus. Sei que seu país não fala essa língua, mas não sei cantar nenhuma em português, posso cantar uma que acho que combina com esse nosso momento?

Eu ouvi direito? N-O-S-S-O momento?? A gente tem um "momento", obrigada pelo atraso, Jesus! Aliás, obrigada aos dois: o mexicano e o original! Claro que eu só sorria. Devo ter dito o "claro que pode" mais forte da minha vida.

Ele então colocou uma parte do cabelo que se desprendera do rabo para trás da orelha, bateu umas três vezes no violão como se contasse para uma introdução e soltou:

Yo te miro, se me corta la respiración
Eu te olho e perco o fôlego
Cuanto tú me miras se me sube el corazón, me palpita lento el corazón
Quando você me olha, meu coração acelera, palpita lentamente o coração
Y en silencio tu mirada dice mil palabras
Em silêncio, teu olhar me diz mil palavras
La noche en la que te suplico que no salga el sol...
À noite, eu te suplico para que não saia o sol

Levantei da cadeira que estava a poucos metros dele, tirei o casaco e a *pashmina* que tinha amarrado como cachecol e fui me aproximando. No que ele saiu de onde estava, e também se aproximou, fiquei parada e fechei os olhos por alguns segundos. Quando abri, ele dava a volta por mim, cantando de um jeito que eu só via em clipes da VEVO.

Bailando, bailando, bailando, bailando
Dançando, dançando, dançando, dançando
Tu cuerpo y el mío llenando el vacío
Teu corpo e o meu preenchendo o vazio
Subiendo y bajando, subiendo y bajando
Subindo e descendo, subindo e descendo
Bailando, bailando, bailando, bailando
Dançando, dançando, dançando, dançando
Ese fuego por dentro me esta enloqueciendo
Esse fogo por dentro está me enlouquecendo
Me va saturando
Vai me saturando

Eu juro que não sei de onde despertou a Shakira em mim, mas começei a dançar com ele. Ethan olhava nos meus olhos e continuava cantando. Eu lembrava do clipe do Enrique Iglesias e tentava parecer menos desajeitada dançando para ele... Não me peçam maiores explicações, eu só consigo lembrar do instante em que ele, ainda cantando, apoiou o violão na cadeira e parou de tocar, mas batia palmas no mesmo ritmo. Interrompi a dança como imagino que uma atriz aguarde o diretor dar as próximas coordenadas de uma cena que não estava no roteiro. Ethan pegou minha

RAFFA FUSTAGNO

mão e me rodopiou.

Nunca tive muito jeito para dança, mas, guiada por ele, me sentia no ritmo e pronta para o que ele inventasse... Então ele me puxou para perto pela cintura e, nessa hora, ensaiamos uma música lenta com ele ainda cantando. Dessa vez, ele estava muito próximo ao meu ouvido, o que fez com que partes que eu nem lembrava que tinha no corpo ficassem muito arrepiadas. Enquanto eu tentava disfarçar meu desespero em beijá-lo, dando sorrisos tímidos, Ethan se encaixou em mim como um Lego. Eu já não sabia mais como não me aproximar da boca dele. Talvez testando meus limites, ele começou a rebolar, embalando junto meu corpo e disse encostando a boca em meu ouvido:

Yo quiero estar contigo, vivir contigo
Eu quero estar contigo, viver contigo
Bailar contigo, tener contigo
Dançar contigo, ter contigo
Una noche loca (una noche loca)
Uma noite louca (uma noite louca)
Ay besar tu boca...
Beijar tua boca...

Nessa última frase, senti a boca dele grudar na minha e nos beijamos como se não houvesse amanhã. Segurei em sua nuca como se estivesse pedindo que não parasse. Seu beijo era tudo o que eu imaginava e, naquele momento, era tudo o que eu queria. Fomos caminhando juntos, nos beijando. A mão dele desceu para a minha cintura e me elevou até a borda da janela que estava atrás de nós, e eu sonhava acordada sem nem perceber. Parei um segundo para me encaixar melhor no espaço que tinha para sentar e o recebi, abraçando-o com as pernas. Incrível como, com ele, não sentia vergonha dos pneus na minha cintura...

Quando Ethan se preparava para beijar meu pescoço, ouvimos passos e paramos com um pigarro que anunciava a chegada do atrasado Jesus:

— Olá, *mi amigo*!!!

Claro que o amigo viu que estávamos nos beijando, mas fingiu que não tinha visto nada e soltou uma piadinha:

— Espero que meu violão tenha sobrevivido ao show do Enrique Iglesias...

Fiquei corada. Há quanto tempo ele estava ali? Será que tinha observado a gente? Ethan foi soltando de mim aos poucos e me apresentando.

Quando ele disse "essa aqui é minha amiga", Jesus sorriu e piscou como quem não acreditava que era só amizade. Confesso que, depois daquele beijo, nem eu queria que fosse apenas isso. Eles se abraçaram e Jesus explicou a Ethan que seu chefe demorou para liberá-lo e se desculpou pelo atraso.

Soube depois pela conversa dos dois que, além de tocar em bares e festas, ele trabalhava de dia como entregador de *donuts*. Eu certamente comeria todos, já que sou viciada nisso! E olha que até o momento não tinha comido nenhum! Mas foi só pensar nisso que minha barriga roncou ainda mais alto. Os dois ouviram e se entreolharam, rindo. Pedi desculpas, morta de vergonha. Foi quando Jesus disse que tinha *donuts* na mochila e me entregou uma caixinha com dois! Que Deus me perdoe, mas comemorei quando Ethan fez que não queria, então os devorei.

Estava com tanta fome que só fui reparar no que estava escrito na caixa que ele me entregou depois que não tinha sobrado mais nenhum granulado para contar história: "Magnólia Bakery". Sim, não era uma loja qualquer de *donuts*, mas *a loja de donuts e cupcakes* que Carrie Bradshaw amava ir para comer com a Miranda!! Sim, estou mais uma vez surtada com Sex and the City! Não estava acreditando que minha vontade imensa de conhecer os doces de lá tinha sido resumida a uma fome absurda e dois *donuts* quase enfiados inteiros na minha boca para saciá-la sem tirar nem uma fotinho para posteridade.

Ok, pelo menos assim que voltasse para a casa de meus tios poderia marcar com um X bem em cima de mais esse lugar que eu queria muito comer por causa do seriado. Se bem que essa poderia ser uma bela desculpa: apesar de ter devorado os *donuts*, eu ainda não tinha entrado em nenhuma das lojas, então deveria ir até uma para eu ir agora mesmo para provar os cupcakes e tirar muitas fotos...

Parei meus pensamentos esfomeados quando os dois pararam de conversar e Ethan disse a Jesus que me levaria no Serendipity para almoçarmos. Eu devia estar sonhando muito... Ele disse o restaurante de um dos meus filmes favoritos? Acho que sim... mas, até outro dia, ele nem sequer sabia que filme era esse. Quando saímos do galpão, ele se adiantou:

— Não fala nada, eu sei que você se assustou quando falei para onde iremos, mas pesquisei sobre o filme que falou. Ele tem esse nome por causa desse restaurante, certo? Nunca fui, mas para uma pessoa especial precisamos de um dia todo especial. Já olhei aqui e podemos pegar o metrô saltando na estação Lexington, porque ele fica na 59th!

Eu queria alguém fotografando minha cara, porque eu deveria estar com a mais absurdamente apaixonada do universo. Era como se aquilo ali não fosse real. Eu não estava no meu país, não estava falando a minha língua em nenhum momento e ainda por cima tinha acabado de me agarrar com aquele homem maravilhoso que me chamava de especial e ainda queria fazer as minhas vontades! Lógico que eu queria viver cada minuto, mas estar ao lado dele era algo que me fazia parar de raciocinar e isso era muito estranho. Pela primeira vez eu deixava de ser razão e era puro coração. Eu me permitia parar de pensar na imagem de minha mãe aos prantos quando meu pai a deixou ou de todas as minhas tias que não deram certo em seus casamentos para tentar viver a minha vida.

Ethan me fazia acreditar nos finais felizes, por mais que eu soubesse que eu teria que voltar em vinte dias para o Rio de Janeiro.

Por mais que entendesse que ele era um presente, mas que aquela alegria tinha prazo de validade.

Era viver intensamente e saber que choraria de saudades no final ou dizer que iria para casa dos meus tios continuar a viagem programada de férias com passeios em família e zero de romance... Afinal, a gente aguenta ficar vendo familiares mesmo pai e mãe uma vez por ano, mas quando o assunto é um namorado, não conseguimos imaginar que algo dê certo com tão poucos dias juntos. É muito doido isso, mas eu sabia da minha escolha e sabia que voltaria para o Brasil mudada. Ethan estendeu a mão para mim e a segurei, entrelaçando meus dedos nos dele, e senti o carinho que fez em minha mão com o polegar. Beijando minha testa, ele disse:

— Por mim eu não teria parado de te beijar... — Ethan pegou meu queixo o levantando e lambeu o canto da minha boca. — Tinha um granulado, tive que tirar, desculpe...

Ele testava todos os meus limites. Puxei-o pelo casaco para mais perto e beijei-o com vontade; não era qualquer beijo, era aquele beijo que não se tem vontade de parar! Quando se fecha os olhos, mergulhamos naquele mundo. Não nos cansamos dele e nem nos preocupamos se estamos bem na entrada da estação de metrô atrapalhando o povo que só queria passar... Ouvimos muitos pedidos de licença antes que parássemos de nos beijar. Ele respirou fundo como quem pega mais fôlego e sussurrou um "Uau!". Senti muita reciprocidade...

No metrô, finalmente saímos na estação próxima ao restaurante, que era tudo que eu lembrava e mais um pouco. A decoração era linda e combinava tanto com meu momento com ele, algo que eu sabia que me deixaria marcada para sempre. Não parava de lembrar de Sara e Jonathan, personagens de Kate Beckinsale e John Cusack no filme "Escrito nas estrelas". Lembrava até das falas! Sentamo-nos à uma mesa charmosa com flores no

Meu Crush de Nova York

53

centro, uma das poucas vazias.

Uma moça simpática veio nos atender; essa não era amiga dele. Escolhi uma salada Julia como entrada e de prato principal quis uma Madame Butterfly, que era uma massa; ele pediu o mesmo. Vi que os pratos não eram muito baratos, então fiquei com medo de pedir sobremesa e ter que lavar pratos, mas Ethan já me conhecia pelas caras e bocas. Quando escorregava o dedo por cima do preço, ele falava para eu não me preocupar que as economias dele davam para comemorar nosso 1º beijo! Sim, ele disse *exatamente* isso!

Ele, ao contrário de mim, quase nunca fazia perguntas. Eu me abria muito com ele, contando sobre meus pais, sobre minha família que morava ali e ele ouvia atentamente. Só dava opinião quando eu pedia, mas sempre ficava querendo saber mais sobre ele, principalmente sobre o que pensava do que estávamos vivendo.

Quando nossa comida chegou, eu já tinha contado a ele muita coisa sobre minha fixação por filmes e percebi que ele não era tão fã de filmes como eu, mas claro que nos quesitos música me dava um banho. Comentei que tinha vontade de assistir a uma ópera no Lincoln Center e ele disse que iria providenciar, porque volta e meia conseguia alguns ingressos no lugar mais em conta. Ethan pediu desculpas, mas disse que nos dias seguintes teria pouco tempo para me ver, já que tinha tirado a folga de hoje.

Sua agenda era bem intensa; ele trabalhava de segunda a sexta como barista do Starbucks. Às vezes pegava de manhã; às vezes, à tarde, de acordo com suas aulas. Quando tinha ensaio para alguma apresentação, ele mudava ainda mais a agenda. O ensaio que vi com a pianista era para uma espécie de trabalho em grupo para uma das matérias. Nos finais de semana, ele estudava muito e me disse que era raro conseguir sair com os amigos. Momentos como a festa à fantasia do Hard Rock eram contados nos dedos.

Lembrando da fantasia dele, fiquei intrigada:

— Você é muito fã de Star Wars? — perguntei como quem não quer nada.

— Sim, mas não curto muito os filmes atuais. Prefiro os seis primeiros. — Torci o nariz porque amo a Rey. Lógico que amo mais a Léia, mas a Rey é tão forte, tão maravilhosa... — Isso faz com que eu perca pontos? — brincou.

— Não — respondi, rindo. — Você está com muitos bônus, então isso é algo que não precisava se preocupar.

Capítulo 9:

LOVE STORY

Olhei para o relógio que já marcava 16h, o tempo parecia que estava fechando e tinha esfriado ainda mais. Tinha exatos vinte dias de hoje em diante para viver aquela história, mas precisava lembrar que estava na casa dos meus tios e tinha que dar atenção à família também. A agenda ocupada de Ethan poderia ajudar nessa questão, ainda que eu quisesse ficar grudada nele o tempo inteiro.

Quando ele me perguntou o que faríamos agora, eu não sabia. Pensei em tudo que queria conhecer e lembrei de alguns lugares onde ainda faltava ir, mas também não queria levá-lo em nenhum lugar caro porque, além de eu mesma não estar com muita grana, ele já tinha pagado, somente naquele dia, um táxi – que não foi barato – e o nosso almoço no lugar que eu estava doida para conhecer, mas que a conta era bem de Hollywood mesmo.

— Você já assistiu Wicked? — Do nada Ethan me fez essa pergunta.

— Nunca assisti — respondi. — Amo a história, mas os preços altos das entradas da Broadway só me permitem tirar fotos com os cartazes mesmo — completei.

— Vem comigo, mas temos que correr. Precisamos chegar no Gershwin Theatre antes das cinco!

Ele mais uma vez me puxou, segurando minha mão. Nem o vi pagando a conta de tão rápido que conseguiu ir, e lá fomos nós para o metrô novamente. Ethan conhecia tudo, era o melhor guia do mundo!

Esbaforidos, paramos na porta do teatro que parecia um imenso hotel. A entrada estava lotada de cartazes, mas agora uma fila de umas quarenta pessoas aguardava o que Ethan me explicou ser a loteria. A peça começava às sete horas da noite. Uma hora antes faziam um sorteio com quem estivesse ali. Então a gente dava o nome e, se a gente ganhasse, poderia entrar e assistir. Eram sempre os lugares mais em conta, mas para terem ideia, o mais baratinho custava 80 dólares! Convertam aí para nosso sofrido real.

A melhor espera de uma hora da minha vida. Apoiado em uma pilastra na fila, Ethan me abraçou por trás e eu poderia ficar ali sentindo o cheiro dele, envolta naqueles braços para sempre. De vez em quando, eu me virava e nos beijávamos mais, beijos menos intensos; acho que ele pensava como eu, não era o momento, já que em nossa fila tinham senhorinhas e crianças atrás de nós. Eu me descobri ser bastante controlada. Minha vontade toda vez que o beijava era libertar a deusa interior e pedir para o Grey barista me levar para qualquer quarto, nem precisava ser o vermelho.

Um rapaz veio pegando os nomes de cada um e nos dizendo que cada um tinha um número. Em seguida, ele veio com os números ganhadores que levariam um par de ingressos, e o número do Ethan foi sorteado. Eu sabia que o meu não seria... só ganho boleto mesmo.

Dando os parabéns a ele, o rapaz entregou os ingressos e uma revista Playbill, que traz todas as peças da Broadway. Olhei a que assistiríamos e vi que tinha três horas de duração! Estava feliz de ter mais três horas para ficar grudada nele, nunca pensei que algo me faria gostar mais da presença da pessoa do que de estar em um teatro. Sou a apaixonada por musicais.

Aguardamos mais a hora dentro do teatro, que era imenso. Nosso lugar não era ruim. Passamos pela lojinha na entrada e claro que quis tudo, mas não comprei nada. O sempre fofo do *crush* voltou do banheiro com uma Coca-Cola para mim e o copo que queria tanto com o cartaz da peça estampado holográfico. Aproveitei que tinha Wi-Fi no teatro e joguei o copo no Instagram. Ainda com o celular em mãos, quis uma desculpa para tirar uma foto com ele. Queria muito guardar cada segundo desses dias incríveis que estou vivendo. Ethan sempre parecia ler meus pensamentos. Quando bati uma foto minha segurando o copo, ele veio mais para o meu lado, posando de rosto colado ao meu. Bati umas cinco fotos da gente juntos naquela posição. Quando guardei o celular, ele puxou o dele:

— Perdão, meu celular é muito ciumento, disse que devo bater uma foto nossa com ele.

Ele sempre tinha uma forma fofa de falar algo para mim. Eu sei, sou a pessoa mais insuportavelmente apaixonada, mas se quiser ouvir nossa história vai ter que aguentar!

Não desista de mim!

A peça era linda. Eu sabia algumas músicas e os dois atos passaram muito rápido, para minha tristeza, que queria congelar nossos momentos, como sempre. Quando a peça acabou, fomos descendo a longa escada para a saída e Ethan disse que precisava ir ao banheiro depois de ter bebido aquele balde de refrigerante. Ele me entregou o casaco dele mais grosso para segurar e fiquei encostada em uma parede. Enquanto o aguardava, via as pessoas saindo do teatro e me assustei um pouco quando ouvi meu nome seguido de uma frase em português:

— Se combinássemos não dava tão certo! Essa aqui é minha esposa que te disse, Luisa! Amor, essa aqui é a Charlotte, a moça do voo que comentei com você.

Era o Igor, de mãos dadas com uma moça sorridente, ela me deu um beijo somente. Caso não saibam, cariocas dão dois beijos e paulistas, um, então vi que ou era paulista ou tinha morado um tempo antes por lá. Ela não me era estranha. Igor não tinha me mostrado nenhuma foto dela, mas tinha certeza que já a tinha visto em algum lugar, só que a minha memória sempre é terrível para lembrar exatamente de onde. Luisa perguntou o que tinha achado da peça e, antes de eu responder, Ethan chegou. Não acreditei quando vi que já se conheciam e então lembrei enquanto se cumprimentavam que ela era a pianista que tocava com ele naquele dia no Lincoln Center. Sempre ouvi que o mundo é um ovo, mas isso já era ridículo.

Ethan confirmou me contando que já ensaiava com ela fazia pelo menos um ano e, como o teatro já estava fechando, nossa conversa a quatro teve que continuar na fria rua de Nova York. O que depois acabou se esticando para um incrível restaurante de massas que não consigo lembrar o nome de jeito algum. Talvez porque esteja tão incrivelmente fissurada em Ethan que quando ele fala eu me perco na tradução na minha cabeça para admirá-lo.

Claro que a coincidência foi o grande assunto da noite. Aliás, pelo visto, Nova York estava lotada delas. Demos uma pausa na conversa quando Luisa quis saber como nos conhecemos. Deixei que Ethan falasse porque tinha acabado de me engasgar com a água quando ela perguntou isso. Sim, fiquei nervosa, qual versão eu contaria? A do encantamento com a beleza dele? A da raiva por ele ter me sujado no primeiro dia de viagem? Ou ainda a do susto em descobrir que ele era o Darth Vader daquela péssima ideia de minha tia de me divertir em uma festa à fantasia fadada ao fracasso?

— No Starbucks onde trabalho, na melhor distração da minha vida.

Ethan disse isso assim, segurando minha mão esquerda e me dando um estalinho em seguida. Não imagino que cara eu fiz, mas devia estar com aquela de bobona que sempre julguei os outros fazendo por não entender muito o amor, mas lá estava eu, pagando minha língua ao me entregar de cabeça nesse romance de férias.

Meu Crush de Nova York

Igor contou que o encontro dos dois também foi por acaso e disse que ele acreditava que era assim que nasciam os melhores relacionamentos, sem planos.

Eu que achava besteira tudo isso antes de conhecer Ethan. Vivia cada momento sem querer lembrar de que essa magia toda estava com prazo de validade. Vinte dias exatamente, de acordo com minhas contas. Na verdade, um pouco menos, já que no último dia meu voo saía de manhã e eu voaria para o Brasil de dia mesmo, tirando um dos dias de viagem programados.

O jantar foi como tudo que eu fazia ao lado dele: um sonho. A gente fica mais dura e vê a vida de uma forma mais negativa quando falta amor. Ainda que ache necessário nos amarmos muito antes de nos entregarmos em uma relação, não vou deixar de acreditar nisso. Mas ter alguém era exatamente como lia nos livros e via nos filmes: maravilhoso.

Não sou de levantar bandeiras de que uma pessoa só pode ser feliz acompanhada, até porque se ela não se ama, ninguém vai amá-la; aprendi isso vendo a tristeza de minha mãe quando meu pai saiu de casa. Acho fundamental que a gente se dê valor, que procure relações sadias, que saiba distinguir relacionamentos bons de abusivos, e para mim a resposta do que eu vivia naqueles poucos dias com o Ethan era a de que eu sabia o quanto ele me fazia bem, mesmo que fosse com prazo de validade. Eu só não sabia o que era amar e essa é uma grande diferença.

Por isso, agora eu entendi porquê ficava poucos meses com os namorados, porque mesmo eles pedindo desculpa de besteiras tolas que faziam, eu sempre ficava incomodada... Era porque eu não gostava do Felipe, muito menos do Pedro. A gente demora para aprender a reconhecer o que é amor, nem sempre ele vem assim na primeira relação que temos. E estou contando tudo isso a vocês para que entendam como para mim a experiência desses dois namoros e do casamento dos meus pais serviu para que eu me amasse mais. Também para que agora eu pudesse entender o que é sentir as tais borboletas no estômago. Ethan me fazia sentir especial e essa era apenas uma das razões que fizeram eu perceber o quanto eu o amava.

Capítulo 10:
SORTE NO AMOR

Quando pedimos a conta, eu sabia que não veria Ethan por dois dias. Ele tinha me avisado que precisava focar nos estudos e fazer algumas horas a mais como barista para tirar uns dois dias de folga. Quando pegou o metrô comigo e com o nosso novo casal de amigos, nós nos despedimos, porque o sentido que eles pegariam era outro. Mesmo a casa dele sendo mais próxima de onde estávamos, Ethan fez questão de me acompanhar até a porta da casa de meus tios, o que claro serviu para que nos beijássemos muito e fizéssemos planos para sábado e domingo.

Assim que coloquei os pés na recepção do prédio, o porteiro avisou que meus tios estavam preocupados e tinham perguntando por mim duas vezes. Eu me senti culpada, porque não queria de forma alguma que achassem que algo aconteceu comigo. Era tarde, então bati na porta em vez de tocar a campainha. Eu sabia o tanto que estava errada, já que não disse que horas chegaria. Nem sequer lembrei de conectar o Wi-Fi do celular nos lugares em que estivemos depois que passou das dez da noite para avisar onde eu estaria... Quando o telefone conectou automaticamente, assim que entrei no prédio, tinham cinco áudios de minha mãe e umas dez mensagens da minha tia, que não estava nada calma com o que eu tinha feito.

Bati uma, duas... Na terceira, uma tia enfurecida abriu a porta e nem me deixou falar...

— Você sabe que horas são? Sabe, né? Eu apoiei você se soltar mais aqui em Nova York, mas isso não quer dizer sumir o dia inteiro e aparecer mais de meia-noite aqui em casa sem avisar! As meninas dormem cedo, eu e seu tio estávamos preocupados e sua mãe já ligou duas vezes para meu celular desesperada. Deixa até eu acalmá-la aqui. Isso é coisa que se faça com sua família, Charlotte?

Meu rosto queimava de vergonha, eu estava *tão* errada que não tinha mais forças para mentir nada, e era melhor dizer a verdade. Minha tia não era nenhuma burra para achar que sumi assim e que não tinha algum "amigo especial" envolvido. Eu sei que já tenho 25 anos, mas estou na casa dela, devo dar satisfações... Não dá para fazer a casa dos outros de hotel e só voltar para dormir. Eu sei disso, gente... mas Ethan é algo tão inusitado que, por mais que me sinta péssima, vou ter que abrir o jogo, porque não posso prometer algo que não irei cumprir. Eu vou querer ver esse homem, beijar mais, enfim... Precisava parar de mentir. Para alguém que odeia mentira, isso não combina com o que estou fazendo.

— Eu juro que sinto muito e que isso não vai voltar a acontecer, me desculpe. Tia, eu tenho algo para lhe contar... Vou direto ao ponto. Estou saindo com o menino que derrubou café em mim... e também estava com o Igor, que você conheceu lá no Lincoln...

Minha tia se sentou com as mãos na cabeça...

— Dois?? Você acha certo sair com duas pessoas diferentes em cinco dias na cidade? Eu devo estar muito velha mesmo... Vai dizer que é moda isso?

Ai, meu Deus, piorei *tudo*! Eu deveria dar um curso de como piorar sua vida em dois segundos...

— Tia, não é nada disso! Eu estou ficando com o Ethan, o Igor e a esposa dela coincidentemente são amigos dele. Fomos ao teatro ver Wicked e saímos para jantar depois. Foi só isso.

Bom, não era só isso, mas eu não ia contar detalhes que não eram necessários. Esses eu deixo só para vocês, combinado?

É claro que ela foi me perdoando aos poucos, mas fez várias perguntas sobre Ethan. As que eu sabia, respondi todas... Algumas eu também gostaria de saber a resposta, mas teria que aguardar a vida me responder. Como quinta e sexta não o veria, pedi para que minha tia fizesse uma programação para nós.

— Bom, eu preciso deixar as meninas na escola, mas eu tinha em mente levar você para conhecer a Estátua da Liberdade e o Memorial de 11 de setembro.

— Tia... — comecei devagar, porque era um assunto importante. — Só não esquece que meu medo de avião é bem parecido com meu medo de barco! — Sim, para ir até a estátua era necessário pegar uma barca e eu tinha pavor de tudo que era no mar. — Podemos ver a Estátua à distância?

— Charlotte, eu já vi de perto. Se você preferir desse jeito.

— Para mim está ótimo assim, tia.

Resumindo, minha quinta e sexta foram bem legais ao lado dela e das minhas primas. Fui ao Memorial que era *muito* perto da casa dela, coisa de dois blocos, e fiquei impressionada com o esquema de segurança, pior do que o do aeroporto. Fizeram dois prédios no lugar e há um museu no térreo. Passamos por uma imensa fonte com o nome de todas as vítimas do atentado.

Vocês lembram o que aconteceu? Fico pensando o que estava fazendo naquele dia, no tal "11 de setembro". O mundo todo ficou em choque naquele dia, porque aconteceu uma série de ataques suicidas contra os Estados Unidos. A Al-Qaeda, uma organização islâmica, disse ser responsável pelos ataques. Os terroristas sequestraram quatro aviões comerciais e dois deles colidiram intencionalmente contra as Torres Gêmeas. Lá era um complexo empresarial, o World Trade Center, e milhares de pessoas trabalhavam lá, sabe?

É lá onde hoje funciona esse Memorial que visitei. Todos os que estavam a bordo e muitas das pessoas que trabalhavam nos edifícios morreram. Ambos os prédios desmoronaram duas horas após os impactos, destruindo edifícios vizinhos e causando vários outros danos.

Como se não bastasse, dos outros três aviões, mais dois colidiram em lugares diferentes. Acho que quase três mil pessoas morreram naquele dia, incluindo os 227 civis e os 19 sequestradores a bordo dos aviões. E o que mais me deixa triste era que a maioria esmagadora das vítimas era de pessoas comuns, como eu e você.

É por essa razão que o local tem essa forte preocupação com a segurança. Eles têm horários bem rígidos de visitação e um museu que mostra objetos pessoais encontrados das vítimas, fotos dos escombros e dos bombeiros que foram verdadeiros heróis tentando salvar o máximo de pessoas. Ah, também vi vídeos que mostram os jornais de diferentes países do mundo reportando esse dia tão triste.

Saí de lá bem abalada, obviamente, porque esse não foi um passeio divertido, mas era algo que tinha interesse em visitar. Não sou superfã de livros, amo mais filmes e já vi muitos deles que contam sobre esse dia. Os meus favoritos são "Voo 93" e "A hora mais escura".

Na saída, tinha uma loja de *souvernirs* e comprei um ímã de geladeira que dizia "Na escuridão, nós brilhamos ainda mais". A loja tinha Wi-Fi e meu celular vibrou perguntando se queria conectar. Enquanto minha tia comprava camisetas para minhas primas, eu fui para o canto da loja onde tinha a senha para se conectar. Assim que a internet entrou tinha mensagem de Ethan no WhatsApp:

Meu Crush de Nova York

> Oi, alguém está com saudades... está por onde?

> Visitando o Memorial de 11/09. 😖 Bem triste aqui

> Muito 🙁. Nunca fui... nem sei se quero lembrar desse dia. Para todos nós ainda é muito dolorido

> 🥺 te entendo

Ele finalizou nossa conversa:

> Tenho que ir, curta seus dias de folga de mim, sábado e domingo você é minha!! 😏

Era hora de almoçarmos. Minha tia é a rainha da salada, então me levou em um restaurante pertinho dali que vendia o prato e nem tive coragem depois de ontem, de dizer que não sou uma grande fã. Queria vê-la feliz e despreocupada, então aceitei a salada, caprichei nos molhos para que fosse mais fácil de comer e continuamos nosso passeio. Quis parar em mais lojas com ela, por isso vi uma camiseta que achei a cara do Ethan – eu sei, gente, estou bem chata apaixonada, podem me crucificar – no caminho entre as lojas. Claro que, sem grana, comprei uma blusinha e um casaquinho somente. Minha tia do nada perguntou:

— Então, o que fizeram, você o ama?

— Tia, ele é um cavalheiro. Nos beijamos apenas.

— Então, mas foi um beijo normal ou um formigamento sobrenatural nos dedos, borboletas no estômago, o que foi, hein?

Gente, ela tinha que me preparar para essa pergunta, né? E era algo que eu sabia que a resposta era positiva, mas afirmar para outra pessoa era inédito. Não tinha falado dele para minha mãe ainda, e queria que ela soubesse antes do que eu tinha sentido. Mas ontem à noite, exausta, só mandei mensagem de voz de que estava tudo bem e ela devia estar sonolenta, porque me respondeu um "que bom que está bem, não nos assuste mais". Respondi sendo muito sincera:

— Acho que sim. Foi o bastante para combinarmos um outro encontro.

Aliás, tenho certeza de que nunca senti por ninguém o que sinto por ele.

Minha tia sorriu com aquela cara de "sei o que você está sentindo..." Na verdade, era mais do que isso. Era a cara de quem não teve a decepção que minha mãe teve e ainda acredita no amor. Falando sobre isso com ela agora, percebi que não contei à minha mãe antes, porque não queria que ela visse minha felicidade com um novo amor quando tinha perdido o dela e ainda não tinha se recuperado.

Desde que meu pai e ela se separaram eu torço para que ela conheça alguém e se apaixone, mas vocês se lembram que disse que primeiro precisamos nos amar? Não acho que ela tenha se amado, não ainda. Talvez daqui a um tempo com toda ajuda que está tendo de especialistas, ela encontre o sorriso que meu pai levou junto.

Senti minha tia me abraçando e dizendo que era para ser feliz sempre, que era isso que ela me desejava e eu só disse "amém!". No fundo, ela sabia que eu tinha ficado traumatizada com a história de meus pais e falar qualquer coisa sobre eles seria delicado.

Após a ida às lojas, buscamos as meninas na escola e elas pediram para irmos para casa fazer maratona de filmes da Disney e comermos tudo que a mãe delas só permitia no final de semana, mesmo sendo uma quinta!

Foi isso que fizemos: passamos em um mercado, compramos biscoitos, pipoca e minha tia fez cachorro-quente. Depois assistimos, um atrás do outro: "Enrolados", "Frozen" e "A Bela e a Fera". Claro que terminou supertarde e as meninas estavam muito cansadas.

Por várias vezes quis mandar mensagem para Ethan, mas achei que estava sendo mala. Sabia que ele tinha muita coisa para fazer nesses dois dias e a doida aqui ficou olhando para ver a última vez que ele tinha estado online e lá estava, exatamente a mesma hora que me mandou a mensagem.

Fui dormir e não resisti. Mandei mensagem:

> Boa noite! Espero que seu dia tenha sido legal 😍 😘 #faltapoucoparasábado

Ele não tinha visualizado até eu ir me deitar. Mal podia esperar por sábado... Assim que deitei, ouvi o celular tremer... Achei que era ele, mas era a Juli:

> Tá viva? 😜 😖

> Não me manda uma mensagem, nem postou mais nada... Tá viva ainda? Ou o crush te matou? 🥺 🫥

Que saudades dela!! Respondi morrendo de rir.

> Aqui é o crush, ela não pode responder agora porque está ocupada me beijando 😊

> Palhaça 😂 Já vi que está bem!! E aí??? Me conta!!

Mandei um imenso áudio explicando meu dia. Assim que ela ouviu, mandou apenas uma coisa:

> Vai malandra 😏!!! Arrasou! Aguardando ansiosa pelo final de semana para saber mais babados.

> Pode deixar! Obrigada, amiga linda 😍 😘

Capítulo 11:
NOVA YORK, EU TE AMO

Acordei e a primeira coisa que fiz foi olhar o celular. Ethan tinha respondido:

Depois de ver a mensagem, saí cantando uma música da Demi que amo demais:

Oh, tell me you love me
Oh, diga que me ama
I need someone on days like this, I do
Eu preciso de alguém em dias como esses
On days like this
Em dias como esses
Oh, tell me you love me
Oh, diga que me ama
I need someone on days like this, I do
Eu preciso de alguém em dias como esses
On days like this
Em dias como esses

Para variar, acho que me empolguei, porque minha tia bateu na porta e, em seguida, abriu perguntando se queria tomar café com ela e as meninas:

— Alguém acordou de bom humor, é? Bora tomar café, cantora!

Ele fazia isso comigo. Eu sei que a gente esquece de tudo quando se apaixona e isso me ajudava a não pensar na quantidade de dias que ainda teria na cidade. Nunca quis morar fora do país, diferente de boa parte das minhas amigas que sonhava com isso. A minha vontade sempre foi viajar muito pelo mundo, mas voltar para o Brasil todas as vezes.

Passei rapidamente pelo banheiro para depois me sentar à mesa com as meninas que jogavam *froot loops*[1] uma nas outras... Quando minha tia se virava, elas paravam. Depois uma delas saía catando os que tinham caído no chão e os comia, o que certamente também seria desaprovado pela minha tia. Banquei a prima maneira e nem pedi que parassem. Na verdade, não precisei de muito esforço, porque quando as duas ouviram o pai saindo do quarto e indo para a cozinha, pararam na mesma hora.

Meu tio trabalhava muito, então quase não o via. Ele quis saber o que eu já tinha conhecido na primeira semana na cidade e me indicou alguns museus para visitar como o MOMA e o Metropolitan. Minha tia nos interrompeu para dizer que nossa programação de hoje incluía o Museu de História Natural. De acordo com ela, era tão imenso que levaríamos o dia quase todo e não conseguiríamos visitá-lo inteiro.

Claro que me animei, afinal, era o lugar onde filmaram "Uma Noite no Museu", aquele filme sensacional com Ben Stiller e Robin Williams que já assisti mil vezes. Minhas primas reclamaram:

— Podemos não ir à aula hoje para visitar o museu com a Charlotte?

Minha tia disse que não, claro, e elas fizeram carinhas tristonhas. Imaginei que um museu tão grande também não seria muito legal para crianças, já que elas ficariam cansadas, mas talvez estivesse enganada, porque vi muitas excursões de escolas quando visitamos mais tarde.

Mandei outro Whats para o Ethan:

"Vou no museu de história natural, dá para acreditar? Estou muito animada!!

Ele estava *online*.

Você vai amar!! Curta cada minuto por mim, já fui duas vezes e é incrível! Beijos (na boca!!)

---

1   São cereais em formato de rosquinha com sabores de frutas, geralmente consumidos por crianças.

> Obrigada, beijos na sua também

Depois de meu transe – é assim que fico quando ele manda mensagens ou me responde –, ouvi minha tia apressando as minhas primas para escola. Era hora de eu também correr para o banho e me arrumar para curtir minha sexta. Assim que coloquei o celular na cama, vi que tinha mensagem da minha mãe, reclamando que não ligava para ela para dar notícias. Mandei um áudio pedindo mil desculpas, mas que estava me divertindo muito e que ligava para ela à noite.

Após deixarmos as meninas na escola, pegamos o metrô e, como minha tia conhecia aquilo com a palma da mão, eu não me preocupei em decorar estações e saídas, somente a acompanhei enquanto tirava fotos de algumas coisas. Andamos uma quadra até chegar ao Museu de História Natural, e como ele era lindo por fora!

A imensa escadaria tinha muitos jovens sentados tomando café ou lendo livros. Quis tirar uma foto ali na frente.

O dia tinha um sol que não esquentava muito. Diferente do Rio, lá era extremamente agradável de andar em um dia ensolarado de abril. Meu casaco fino e minha camiseta não estavam suados. O clima era uma das coisas que eu mais amava em Nova York.

Entramos em uma pequena fila e já estranhei, porque no Brasil, ou o museu é gratuito ou é pago, mas um cartaz dizia o seguinte:

"A entrada para o Museu Americano de História Natural é com base em admissão sugerida: a taxa de entrada recomendada é de 22 dólares, mas você pode pagar até mesmo um dólar. Ou pode pagar mais para apoiar o museu, que é financiado principalmente pelo dinheiro de patrocínio. Agradecemos sua visita!"

Gente, como assim? Eu pago um dólar e visito tudo aquilo? Pelo que entendi, o correto seria pagar 22 dólares mais o imposto que sempre tem, né... Eu me perdi um pouco, assustada com a novidade.

— Tia, quanto eu devo pagar?

— Vou pagar sua entrada também, Charlotte. — Ela entregou 50 dólares para a moça da bilheteria e, pelo que entendi, era equivalente aos 22 de cada uma mais imposto.

Fiquei pensando que eles devem fazer isso para que todos tenham acesso ao museu. Se a pessoa é humilde e não tem os 22 dólares, não é justo não conhecer o acervo, então ela pode entregar um dólar e conhecer igual quem tem mais condição e pagou os 22 dólares... Pensando dessa forma, achei bastante justo.

O lugar de fato era imenso e lindo! Lembrei de muitas cenas do filme. Lá dentro é criado todo um ambiente que nos permite imaginar os seres em seu habitatnatural. Os fósseis também são bem legais, fiquei muito impressionada com o tamanho e a beleza daquilo tudo. O museu também oferece atrações extras como exposições e filmes, mas, pelo que entendi, esses são pagos à parte. Somente na primeira parte, até eu conseguir ver tudo, acho que levamos uns vinte e cinco minutos.

Era tudo tão fantástico que nem me atreverei a querer contar para vocês tudo que vi. Sério, é um dos melhores lugares que já fui na minha vida! É sensacional, um acervo maravilhoso, vale cada centavo pago para entrar mesmo. Mas acho que minha parte favorita foi o salão dos mamíferos – sim, tem nomes por salão e tem exposições permanentes como essa que citei, outras ficam por um tempo determinado.

Como minha tia já tinha previsto, foi impossível visitar todo ele, até porque já estávamos famintas e, quando vimos, o relógio já marcava duas horas da tarde. Saímos de lá e o primeiro lugar que vimos para comer um sanduíche rápido antes de buscar minhas primas era o Peacefood Café. Pedimos o mais rápido que pudemos e engolimos a comida. Sim, o sanduíche era divino! Super recomendo, pena que não curtirmos muito o lugar... E eu confesso que ainda estava bem impactada com ter visto tanta coisa maravilhosa.

Corremos para a escola, paramos em um Starbucks para as meninas comerem *muffin* com suco, e é claro que lembrei do Ethan e me segurei para não mandar mais nada. Foi difícil, mas consegui, estou muito orgulhosa de mim. Depois fomos para a casa delas.

Essa noite foi diferente. Elas tinham que estudar, então fiquei sozinha no quarto em que estava, liguei a TV e vi que tinha HBO GO. Para quê, né, gente? Revi toda a quarta temporada de Sex and the City e me empanturrei de M&M´s antes do jantar.

Adorava tanta coisa no seriado, era difícil enumerar. Nessa temporada, eu gostava muito de ver a Sônia Braga atuando. Sempre achei o máximo uma brasileira fazer um seriado megafamoso, só não curti Samantha e ela não terem dado certo, queria muito as duas juntas para sempre!

Até mesmo Carrie Bradshaw eu curtia. Digo isso porque sei que apesar de ser a mais famosa das quatro, ela era, às vezes, a mais odiada. Eu queria matá-la quando deu o fora no Adam, nunca gostei do Big. Ok, depois talvez... mas ali? Adam era o que qualquer mulher apaixonada gostaria de ter ao lado, menos ela, o que deixou claro para a gente.

Fui interrompida pelo celular vibrando quando já era mais de seis horas da tarde. Ethan mandara uma mensagem:

Amanhã posso passar aí às 10? 😉

Dei uma pirueta por dentro de felicidade.

Claro que pode!!! Da manhã, né? Estarei aqui embaixo! 😍 🥰

Eu tinha pausado o Sex and The City e minha tia avisou do jantar. Disse que tinha feito macarronada para todo mundo. Durante a refeição, ela quis saber qual seria minha programação de amanhã. Disse que as meninas iam competir na natação e que gostaria que eu fosse vê-las. Sim, me senti culpada novamente, mas disse a verdade, que já tinha combinado com Ethan de irmos a alguns museus – na verdade, não sabia o que faríamos, mas inventei na hora! – e que infelizmente não poderia ir. Vi a cara de decepção das meninas, então tentei consertar:

— Mas à noite posso ver Hotel Transilvânia com vocês, o que acham? Elas logo esqueceram e vibraram. Amo crianças!

Queria que o dia acabasse logo e achei que a melhor escolha era dormir cedo, mas liguei para minha mãe antes e contei tudo que já tinha visitado, sem citar em nenhum momento Ethan. Pelo jeito, minha tia também não tinha dito nada. Minha mãe como sempre ficou feliz em me ver feliz e disse que vão via a hora de me ver! Disse que estava com saudades, o que era verdade, mas não disse que queria voltar logo, afinal, isso seria uma mentira.

Deitei logo depois e dei boa-noite para o Ethan. Ele não respondeu na hora, mas o Whats entregou a mensagem. Coloquei o despertador para as 9 horas da manhã.

Capítulo 12:
AS COISAS IMPOSSÍVEIS DO AMOR

Acordei antes de o despertador do celular tocar, tamanha a minha ansiedade. Eu sentia tanto a falta de Ethan, era estranho e excitante ao mesmo tempo. Eu o conhecia há tão pouco tempo, como podia me sentir tão conectada?

Levei a roupa que vestiria para o banheiro depois de demorar quase dez minutos para saber o que usaria, mas Ethan era simples, então optei por sapatilha, calça jeans e uma blusa preta em gola V. Assim que fechei a porta vi que não tinha trazido nenhuma calcinha comigo, então voltei para o quarto. Acho que uma das minhas primas já estava acordada brincando, pelo barulho da TV. Abri a nécessaire de calcinhas... A preta estava lavando, a azul marinho idem. Eu estava com um sutiã preto que amava, mas nem sempre combinava ele com a calcinha que fazia conjunto.

Para ser sincera, nunca combinava essas coisas, vi que a maioria das calcinhas que tinha trazido era de "bichinho", sim, por serem confortáveis e de algodão, eu volta e meia compro temáticas, do Star Wars, de Princesas da Disney... mas a que me pareceu mais confortável para um dia inteiro na rua era aquela do Olaf mesmo. Até cheguei a pensar: "Quem sai com o *crush* usando uma calcinha do Olaf?" Mas ele não ia ver nada mesmo, então eu poderia até ir sem calcinha!

Tomei banho, fiz umas torradas, preparei um café e ficaram faltando cinco minutos para a hora marcada. Peguei uma pashmina, um casaco mais grossinho e me preparei para sair. Putz, a maquiagem! Não ando sempre maquiada, mas daí a nem uma base e um batonzinho, ninguém merece, né.

Fiz uma *make* em tempo recorde, um pouco cagada, mas foi o que deu. Mandei um Whats para o celular da minha tia para avisar que estava saindo, já que não queria acordá-la. Disse que se passasse das 18 horas, mandaria mensagem. Mas ela devia estar mesmo dormindo porque nem visualizou.

Quando desci, ele estava lá. Como podia ser tão perfeito? O vento que batia no cabelo que hoje estava solto o deixava ainda mais irresistível. O modo como esquentava as mãos nos bolsos do casaco e depois soprava, esfregando-as uma à outra... Até isso nele era encantador. Sim, a manhã estava bem fria, tinha chovido, e os termômetros marcavam 11 graus.

Cutuquei-o e ele abriu aquele sorriso que não vou nem descrever, porque não consigo. Em seguida, deu-me um longo beijo, fiquei na ponta dos pés, tirei seu cabelo do rosto e aguardei que interrompesse o beijo, já que descobri minha maior fraqueza, e não conseguia.

— Para onde nós vamos? — perguntei e então ele segurou minhas mãos, que estavam muito geladas. Não tinha me preparado para aquela temperatura.

— Olha, eu não tenho muita grana. Queria ser igual ao Christian Grey, você sair desse prédio e eu mandar um motorista te buscar, então você se surpreenderia ao saber que tenho um helicóptero e que passaríamos o dia em algum lugar muito chique... mas a verdade é que estou zerado, então a programação que preparei para você hoje é ir até minha casa, vermos um filme, eu cozinhar o melhor macarrão que comeu em sua vida e depois eu te deixar em casa. Achou desanimador? — ele disse, como se estivesse envergonhado por não ser o Sr. Grey. Claro que falei mais do que devia, como sempre...

—— Bom, eu não queria o Grey mesmo, porque depois de tudo isso, ele quer ser dominador e você iria querer me amarrar naquele quarto vermelho, então prefiro que se inspire no Darcy, de Jane Austen. Vou amar passar o dia com você em casa. Mas, e seus amigos?

Percebi que ele ficou meio rosado quando citei o quarto vermelho...

— Olha, eu não quis dizer que com isso... Quer dizer, você entendeu! E sim, o Bill e eu moramos juntos, mas cada um tem seu quarto e Jesus não mora conosco.

Em um impulso, eu o abracei, mostrando que estava animada com a perspectiva de passar um dia com ele.

— Vamos!

Pegamos o metrô, andamos um bocado depois que saímos dele e vi o prédio de Ethan, que se parecia muito mais com os prédios dos filmes que eu via na cidade do que o dos meus tios que mais parecia um hotel. De

Meu Crush de Nova York

tijolos e com aquelas escadas pretas na parte de fora, a rua era toda de lojas e minimercados e algumas crianças brincavam de patins na rua.

— Moro no 5º e não tem elevador, tudo bem?

Disse que sim, e lá fomos nós. Cheguei bufando, o que me fez lembrar de como estou fora de forma e deveria voltar para uma academia assim que colocasse os pés no Brasil. Ethan, bem mais acostumado, subiu sem nem tirar o casaco. Quando chegou no andar, apontou para a porta com carpete de Star Wars:

— É aqui!

Esperei que ele abrisse a porta e vi o apartamento masculino mais organizado da minha vida, ou pelo menos eu que sou bagunceira. A lenda de que homens são desorganizados já caiu por terra nesse relacionamento. A sala tinha duas poltronas grandes e lembrei na hora de Friends, do apartamento de Chandler e Joey! Na frente, uma TV bem grande – nunca sei isso de polegadas, só sei se é pequena ou grande – e algum jogo desses que desconfio que seja um Xbox. Alguns quadros de filmes e de bandas (entre elas Metallica e Iron Maiden), perguntei curiosamente de quem eram e ele disse que todos os quadros da sala eram do Bill, os dele estavam no quarto.

— Os meus ficam no meu quarto, vem ver?

— O Bill não está em casa?

Ele respondeu que não, que tinha dormindo na casa de alguma menina.

— Às vezes ele some no final de semana — explicou.

O quarto dele era pequeno, mas extremamente charmoso. Tinha um monitor bem grande em cima de uma mesa, que pelo jeito era para estudos também, pois tinha cadernos e canetas. A cama era de solteiro, com um edredom azul marinho e almofadas de Darth Vader. Havia um armário pequeno no canto de apenas três portas, dois violinos em suportes no chão e, na parede, cerca de cinco quadros. Dois deles eram com a mesma pessoa, uma mulher desenhada,um deles era em preto e branco e o outro era a mesma foto colorida, da mulher que eu não sabia quem era, e segurava um violino e era muito bonita.

— Quem é ela?

Apontei para um dos quadros. Ethan me deu uma imensa explicação:

— Ela é Hilary Hahn, e é a violinista mais perfeita que já vi tocar! Eu comecei a tocar violino com 10 anos. Não é um instrumento fácil, acredito que o piano seja ainda mais difícil, mas Hahn é um gênio. Ela começou com apenas cinco anos, dá para acreditar? Até os onze ela já sabia mais de vinte e oito concertos de violino, assim como programas de recitais. Ela é tão incrível, não sei como não fizeram um filme ainda com sua história.

Ela se formou em Música e tocou em diversos países. Já participou das orquestras de Londres e de Nova York e toda vez que ela toca Bach, me emociono. Sério, se ela tocasse aqui nesses dias que você está na cidade, eu ia querer muito que você a visse para entender a beleza do que ela é com um Stradivarius...

Acho que ele nem respirou direito falando bem da tal da Hilary, era fã mesmo. Já pensei logo em colocar no YouTube quando voltasse para a casa dos meus tios à noite para vê-la tocando. Ethan falava com tanto amor das coisas que gostava que transmitia essa vontade de querer gostar também. Não é somente porque estou caída de quatro por ele, ok? Ele é um cara especial, concordem, por favor.

Ethan tirou os sapatos e se jogou na cama pegando o controle:

— Quer ver o quê? Série... filme?

Sentei-me ao lado dele na cama, tirei minhas sapatilhas, o casaco e o coloquei no colo:

— Não sei, o que você já viu ultimamente, ama e super recomenda, ou quer ver algo que nunca viu comigo?

Ele pensou um pouco, levantou-se novamente, foi até a porta, fechou-a, ajeitou monitor e perguntou se eu curtia Black Mirror, uma série do Netflix.

— Nunca vi, Ethan, lamento te decepcionar, mas cismo com algumas séries e revejo quinhentas vezes... Acabo não assistindo outras. Por exemplo, todo mundo já viu Stranger Things, menos eu.

Ele fez cara de espanto.

— Como assim você nunca viu Stranger Things? Precisamos consertar isso hoje... Já vi essa e ainda não vi Black Mirror, qual prefere?

Ri do jeitinho dele, que se deitou novamente na cama e puxou minha cintura para perto dele:

— Deita, fica à vontade, por favor!

Ainda sem graça, fui me deitando. Deixei o casaco na cabeceira e fui ajeitando o travesseiro na cabeça.

— Vamos ver Black Mirror então, porque essa nenhum dos dois assistiu.

Seriado escolhido, Ethan se ajeitou melhor, virando um pouco de lado. Gostei de sentir o braço dele pousando em minha barriga e as mãos se encaixando na minha cintura.

— Antes de dar *play*, me beija?

Ele não precisava pedir, eu não via a hora de beijá-lo desde que entrei naquele quarto. Não o tinha beijado deitado ainda, era diferente, mais sensual. Ok, talvez perdesse para o show de Enrique Iglesias do outro dia, mas aquele foi rápido, com um certo medo. Aquele momento era só nos-

Meu Crush de Nova York

so, o corpo dele se encaixava no meu e a boca dele só parava de me beijar quando era para dar pequenas mordidas em meus lábios, eu amava aquilo! Foi ele quem parou, respirou mais fundo, ajeitou a calça tirando o cinto que usava e disse para vermos pelo menos um episódio, senão, de acordo com suas palavras, faria uma besteira.

Não sei se ele chamava sexo de besteira, e se você está aí se perguntando se eu estava com vontade, era óbvio que sim, mas sempre sou assim, eu não me atiro na primeira vez. Na verdade, acho que sou bem calma. Até pegar intimidade, aí ferrou... Eu me inspiro em Nove e Meia Semanas de Amor com Instinto Selvagem e ainda faço a Anastasia Steele, mas não pretendo narrar para vocês tantos detalhes assim.

Sim, eu sei que vocês estão sedentos por isso, eu amo ouvir a história dos outros, mas não sei se gosto de me abrir tanto assim. E tem mais, já aviso que para eu ter essa vontade toda é porque estou muito atraída, mas não no sentido só da beleza dele, porque isso é fácil. Olhar Ethan e se imaginar nua com ele é muito fácil, mas nunca consegui separar sexo de amor e, se de fato acontecer algo, será a primeira vez que farei com alguém que não é oficialmente meu namorado.

Se você está me achando esquisita, bem-vindo ao imenso time de pessoas que me olham torto quando conto isso e que também se espantam de que consigo ficar um longo tempo sem me relacionar na horizontal. Quer dizer, pode ser que o grupo que estranhe isso não seja tão imenso assim, então me diga se você se identifica, já que, pelo que me lembro, comentei isso com três amigas. A Juli foi a primeira a me dizer que não era possível, que eu "não tinha feito certo". Existe forma certa e errada? Ah, gente... eu não sentia nem um por cento do que sinto beijando o Ethan quando beijava um dos meus ex's, imagina beijando um estranho e ficando peladona na frente dele... não rola!

Com ele tudo é mais gostoso... Eu fico pensando nos beijos dele mesmo quando não estamos nos beijando... E, bom, deixa eu parar de contar dos meus ex's, afinal, vocês querem saber o que rolou no Black Mirror, não querem?

Sobre o seriado, posso dizer que conseguimos assistir ao primeiro episódio inteiro, que era bem forte, sem nos agarrar. Para quem não conhece a série, você pode assistir sem ser na ordem, já que cada um tem uma história diferente e nem mesmo os atores são os mesmos. Esse que vimos tratava do primeiro ministro do Reino Unido. Sequestravam a princesa e ele então tinha que fazer uma coisa horrorosa em rede nacional se quisesse ver a moça viva novamente. O final era bem impactante, fiquei com aquilo na cabeça e demos um tempo antes de ele colocar o segundo.

— Nossa, Sex and The City é muito mais *light* que isso.

Ele riu.

— Ah é, não quer saber de Black Mirror, só de Sex and The City, né? Acho que vou assistir para ver se você fica mais interessada em mim...

Ele só podia estar brincando! Disse isso ainda beijando meu pescoço e talvez o alerta de "hey, estou apaixonada" estivesse apagado. Eu não sei o que deu em mim que o virei na cama, deitando-o de barriga para cima para que eu pudesse sentar em seu quadril.

— Por que você acha que eu não gosto de você?

— Olha... — Ele começou de forma vaga. — Dessa forma como você está sentada em mim... É, pensando bem, acho que gosta sim.

Foi o que ouvi dele quando subiu as mãos por dentro da minha camiseta, passando-as nas minhas costas e deixando-me completamente arrepiada. Ethan segurou a minha cintura, me encaixando melhor na mesma altura da dele, então subiu as mãos novamente, como se forçasse minhas costas para que eu envergasse e o beijasse. Parecia que tínhamos combinado uma dança. Ele não precisava se esforçar muito para que entendesse o que queria, afinal de contas, era o mesmo que eu.

Fiquei em cima dele quando foi me beijando e me fazendo deitar na cama. Não lembro exatamente quando ele virou o jogo e só consigo lembrar dele levantando a minha camiseta até a altura do sutiã e começando a beijar minha barriga. Senti cócegas, ele parou um segundo e então deu mordidas suaves nela... Eu sentia vergonha das minhas gordurinhas, mas era inexplicável que com ele eu não tinha nenhuma preocupação quanto a isso.

Parei de respirar quando ele abriu o botão da minha calça... Sim, eu queria aquilo, mas lembram o que vesti pela manhã? Não deu tempo, soltei o ar fazendo uma pequena onda na barriga e vi quando ele ao puxar minha calça para baixo riu dos *mini* Olafs espalhados pela minha calcinha.

Liguei o dane-se... Quis bancar a engraçadinha e abri o botão da calça dele...

— Se for do Mickey, vou amar!

Claro que não esperei que fosse do Mickey. A cueca era boxer, azul royal, e vendo o elástico que ficara de fora, quase o dia todo, eu já sabia mais ou menos o que esperar do modelo dela. Se ele já era perfeito de cueca, imaginem sem... Ficamos nus e soube pela primeira vez o que era sentir prazer. Não vou mentir que meus ex's não me deram nenhum prazer, mas esse aqui era diferente. Como alguém mais novo que eu fazia tudo tão bem? Ele encaixava em mim como se fôssemos Legos e, como essas famosas peças de plástico, demoramos para nos desgrudar, porque foi intenso, foi diferente e extremamente gostoso ter Ethan dentro de mim. Se pulei maiores detalhes, me desculpem. Não sou especialista em cenas hot como EL James, mas, se estão perguntando se "nos cuidamos", a resposta é sim, usamos preservativo.

Mais do que sexo, o que fizemos me fez ver que estava certa, que não consigo e não devo separar o sexo do amor, porque para mim eles são uma extensão. Como tudo na vida, o pós também tem *torta de climão*[2], eu não sabia como agir com ele. Vesti a minha calcinha do Olaf, fiquei sem o sutiã que estava caído no chão, mas coloquei-o perto de minha bolsa na cadeira. Apanhei a camiseta preta que ele havia tirado – e que em mim era um microvestido – e ela estava com o cheiro dele. Ah, como eu amava estar rodeada por aquela fragrância! Era capaz de eu voltar para o Brasil com um vidro desse perfume dele e borrifar todo dia no quarto para ter essa lembrança gostosa para sempre.

Ethan não era somente especial por isso. Ele era extremamente carinhoso, de uma maneira que não acho que tenha sido tratada, e não acho correto comparar toda hora ele com meus ex's, mas é o parâmetro que tenho da vida para explicar a vocês como o que temos tem sido único para mim.

Ali, naquele instante, eu entendia melhor o que era de verdade amar, se apaixonar sem limites, ainda que a volta para o Brasil martelasse em minha cabeça.

Naquele dia, como tudo na vida que é bom, os episódios foram sendo vistos um a um, a comida que pedimos chegou rapidamente e a luz da rua que iluminava o quarto foi se apagando. O tempo voa quando não queremos. Eu ainda vestia a camiseta dele que, sem camisa, desfilava pela casa de calça jeans.

Levantei-me após o quinto episódio visto, pedi que pausasse e fui até o banheiro. Era simples, mas para a casa de dois rapazes até achei organizado. O meu em casa era muito pior. Ao lavar minhas mãos, ouvi Ethan batendo na porta, perguntei se ele queria algo, e ele disse que precisava falar comigo urgente. Abri a porta, preocupada. Ele avançou em cima de mim de uma forma deliciosa, segurou-me pela nuca embolando seus dedos no meu cabelo e disse bem perto do meu ouvido:

— Eu disse que tinha urgência... de você!

Que homem era esse que falava exatamente as frases que eu precisava ouvir? Que parecia arrancar todas as palavras presas na minha boca? Eu também o queria mais e, quando ele me puxou para dentro do boxe, aceitei. Não me importei de ele ligar a água gelada até ficar quente na minha cabeça, nem me importei de estar toda molhada ainda de roupa! Se bem que era só a minha calcinha e a camiseta dele. Preciso dizer o que fizemos em

---

2   Gíria referente ao clima tenso que fica entre as pessoas

seguida? Sim, nos encaixamos, nos amamos e nos saciamos. Ainda que eu achasse difícil eu me sentir satisfeita em algum momento.

— Vou ter que usar sua cueca para ir para casa... — disse e saímos rindo e pingando do banheiro. Ainda tive que ouvir piadinha.

— Vou ver se na Duane Reade[3] aqui debaixo vende calcinhas infantis das Princesas para eu comprar para você.

Ri, mas ficar sem calcinha não era uma possibilidade, então vesti, sim, uma cueca enquanto ele tacava minha lingerie na secadora. Tive que ouvir dele que ficava bem de cueca, mas, enquanto penteava o cabelo e já começava a sentir frio fechando a janela, eu o vi parado olhando para mim, como se estivesse longe com o pensamento.

— O que foi? – perguntei, tirando-o do transe.

— Você! — ele disse chegando mais perto.

Não entendi muito o que ele queria dizer, mas se ele se aproximava eu já me animava...

— Eu não quero mais sair desse quarto, nem quero que você saia, porque o tempo vai passar e você vai embora.

Pronto, ele tinha tocado no assunto que eu queria esquecer, ou melhor, queria fingir que nunca chegaria. Era cedo, ainda tínhamos uns dezenove dias para ficarmos juntos, mas eu sabia que meses passavam rápido, dias então...

Não tive coragem de falar nada, só pedi que ele me abraçasse. Só pedi que o tempo parasse e pensei nas coisas que me prendiam ao Brasil. Nossa, quão louca eu estava para ter uma "relação" de dias e querer ficar por aqui? Eu que nunca tive vontade de morar em outro país! Ainda que em meu antigo trabalho, meu chefe vivia dizendo que em uns anos certamente eu moraria em Houston como expatriada, mas isso sabemos que não aconteceu, e eu nem tenho mais um emprego. Tenho uma mãe que vive triste pelos cantos desde a separação, e é só ela que me faria não ir a algum lugar para tê-la por perto.

Voltei meu pensamento para minha realidade, e ela me mostrava que, por mais lindo que tivesse sido o dia, eu precisava voltar para a casa dos meus tios. Avisei ao Ethan que tinha que ir e ele fez questão de chamar um Uber, porque disse que era tarde demais para irmos a pé e o tempo fechando era certeza de que cairia uma chuva em instantes. Desci com ele, que esperou a chegada do carro, abraçado comigo. Eu torcia para que ele falasse mais alguma coisa, ao mesmo tempo que ficava sempre naquele momento

---

3   Duane Reade é uma cadeia de farmácias e lojas de conveniência muito famosa nos Estados Unidos. A maioria de suas lojas estão localizadas em Nova York.

tenso de se depois de termos transado nos veríamos novamente. Não dava para saber se era só aquilo mesmo ou se ele ainda queria viver essa paixão comigo até o dia de eu ter que viajar de volta.

Quando o Uber chegou, ele me acompanhou de mãos dadas, abriu a porta do carro enquanto o temporal já desabava e, antes que eu me sentasse, deu um beijo forte na minha boca e sussurrou no meu ouvido:

— Foi extraordinário, te vejo amanhã!

No Brasil, eu sempre fui a decidida, a que perguntava "e aí, vamos nos ver novamente?", mas com ele, tudo era bizarramente estranho. Eu não parecia comigo mesma, ainda que achasse que essa era uma versão melhor de mim. Uma sem mágoas, sem lembrar do meu pai a cada segundo para provar ao mundo porque homens não prestam e porque mais cedo ou mais tarde eles trairão sua confiança.

Só consegui dizer um "com certeza", entrei no carro, bati a porta e, rindo sozinha, vi o carro arrancar e Ethan acenar até não conseguirmos nos ver mais, porque meu caminho fizera o carro virar na esquina.

Capítulo 13:
MENSAGEM PARA VOCÊ

Era muito louco pensar que tinha exatamente uma semana que eu tinha chegado em Nova York, apenas querendo curtir alguns dias conhecendo locais de gravações, revendo minha família... E somente isso. Nunca fantasiei romance, jamais pensaria em viajar e ficar com alguém durante a viagem, porque uma coisa que me assusta são as incertezas. No fundo, eu as odeio.

Sinto que não tenho controle da minha vida no momento, colocar nas mãos do tal destino me parece cruel e desesperador, ainda que tenha tentado parar de contar os dias que ainda faltam. Eu tinha acabado de dormir com o cara e já estava tão apaixonada que é como se eu tivesse esquecido de tudo que sempre recomendei às minhas amigas.

Quando entrei na casa de meus tios, as meninas já estavam dormindo, mas vi que minha tia ainda estava acordada lutando contra o sono. Ela dava umas goladas em um vinho e se ajeitava no sofá. Cheguei já sabendo que estava interrompendo, mas com vontade de me abrir para alguém, ainda que soubesse que minha mãe ficaria muito chateada de saber que não fora ela a primeira a saber sobre Ethan. Até por causa da pouca diferença de idade entre mim e minha tia — ela era apenas oito anos mais velha que eu —, a distância me dizia que eu deveria ver a opinião dela sobre o que vivia.

— Oi, tia. Desculpe eu te atrapalhar, mas podemos conversar?

Sento-me ao lado dela no sofá mesmo sem nem ter ouvido o sim, mas já sei qual será a resposta.

— Claro, Charlotte — ela disse enquanto pausava o filme "Mensagem Para Você" com Tom Hanks e Meg Ryan, um clássico nova-iorquino. Continuei:

— Então, hoje passei o dia com o Ethan, né... E, por mais maravilhoso que tenha sido, estou me sentindo culpada por estar feliz com algo que não tem nenhum futuro.

Ela colocou a taça na mesinha de centro, ajeitou o cabelo em um rabo de cavalo e chegou mais perto de mim:

— É isso que te preocupa? — Suas sobrancelhas se unem e vejo sua preocupação com a situação. — Eu sempre lembro de uma frase que a mãe de uma amiga me ensinou: "É melhor se arrepender do que fizemos do que viver a vida lamentando não termos feito algo por medo".

Ainda que não concordássemos com tudo, minha tia sempre me incentivava a dar voos mais altos. Ela mesma era um exemplo disso. Formada, arriscou toda a grana que ganhou em um ano de trabalho para vir atrás de meu tio que estudava aqui em Nova York. Eles nem eram casados, mas ela sabia de duas coisas: queria investir na carreira dela e ficar perto dele, que fazia pós-graduação aqui. Ela acabou se matriculando em um curso de extensão e nunca mais se desgrudaram. Casaram dois anos depois, mas, antes disso, eles já eram namorados há cinco. Eu tenho três dias com o Ethan, chega a parecer piada.

— É realmente uma frase para ser levar para vida toda, mas você sabe o que acho de relacionamentos... Sabe que acho tudo isso uma grande loucura de minha parte. Ninguém pode se apaixonar por ninguém em uma semana, que dirá fazer planos em três dias! Estou me sentindo extremamente culpada por não estar me reconhecendo. É contra tudo que penso, tudo que acredito... É ridículo. Pronto, falei! Mas mesmo assim, eu me apaixono a cada dia e eu queria que fosse ele. Eu queria tanto que fosse ele. Entende?

— Charlotte, não chore. Talvez seja ele, talvez não. É algo que você sente pela primeira vez e isso tem lhe causado incômodo. Você não é contra relacionamentos, tire isso da sua cabeça. Você só ficou impressionada com o término do casamento de seus pais, nem todo mundo é idiota como meu irmão, mas a vida já deu a ele o que merecia.

Ela era sempre assim: sincera.

E isso eu amava nela. No fundo, sabia que ela estava certa, que eu era uma pessoa antes de o meu pai nos abandonar e virei outra depois de tudo. Os meus ex's não foram pessoas que amei muito. Acho que eu só gostava deles e, com o tempo, nos vendo com mais frequência, a admiração foi acabando. Levantei-me e abracei-a. Agradeci por tudo que ela sempre fazia por mim e, antes que eu saísse da sala, ela me chamou:

— Charlotte, esqueci de uma coisa: seus dias aqui podem ser apenas uma lembrança maravilhosa ou você pode vivê-los sempre fugindo do que sente porque não tem certeza do futuro. Mesmo que o que está vivendo acontecesse no Rio, você não poderia afirmar que seria uma história para vida toda, certo? Então curta, relaxe, saia conosco e com ele, e por que não com a família e ele juntos? Não pense no calendário, ele vai andar mesmo que você não queira. Não deixe que os dias do ano controlem o que sente, que ditem o quanto você deve se entregar, é só o que te peço, porque essa vida, minha sobrinha, a gente só acha que tem o controle dela, mas não tem.

Tinha certeza que a conversa com a minha tia renderia bons frutos. Fui me deitar com a certeza de que não me torturaria pensando que ainda faltavam tantos dias para ficar aqui, porque, mesmo já tendo decorado o quanto faltava, poderia pensar a meu favor, que eu tinha mais dias para ficar do que os que já tinham se passado. Então era um saldo positivo. Tomei um rápido banho e me joguei na cama. Ainda que tivesse visto algumas notificações, optei por me desligar de tudo e respondê-las quando acordasse.

Meu Crush de Nova York

Capítulo 19:
FAÇA A COISA CERTA

Já eram umas 11 horas da manhã quando ouvi alguns barulhos do lado de fora do quarto. O sol batia no armário. Levantei-me no pulo, olhando para o celular, que tinha várias notificações de WhatsApp:

> Juli: Tá viva? Foi abduzida? Nem me conta mais nada... Esqueceu dos amigos do terceiro mundo?

> Mamãe: Oi, filha! Liguei para sua tia pelo Whats agora de manhã e ela disse que você estava dormindo. Acorda e vai curtir NY! Te amo, beijos!

> Ethan: Bom dia, Bela Adormecida! Me avisa quando acordar, programei algo bem legal para nós! Beijo

Grupo dos Demitidos

> Carina: Hey, pessoal! Abriu uma vaga na empresa que meu namorado trabalha, vou colar abaixo o perfil. Quem achar que rola, manda o CV para o meu e-mail que ele envia como indicação dele:

> VAGA DE SUPERVISOR DE OPERAÇÕES
> - Graduado em Engenharia,
> - MBA será um diferencial
> - Experiência mínima de 3 anos traba-
> lhando em empresas do mercado de
> óleo e gás
> - Inglês fluente
> - Disponibilidade para viagens nacio-
> nais e internacionais
> - CTPS e salário a combinar

Respondi a todas, exceto a da vaga, porque não queria pensar nisso ago-ra... Depois, nunca fui supervisora e acho que não me chamariam mesmo.

Ethan foi o primeiro:

> Oiiiiiiiiiiiiii!!! Acabei de acordar, acredita? Que horas são seus planos? Medo do que você progra-mou... Se preferir, me liga! Beijos

Mamãe, a segunda:

> Mãe, tá tudo ótimo, e você como está? Foi ao cinema com a Tia Marta? Não vai ficar em casa, pelo amor! Te amo muito. Beijos

E Juli, a última:

> Oi, lindona! Então, não vai dar para contar tudo porque acabei de acordar e já estou me preparando para sair com ele de novo, mas sem entrar em detalhes pela falta de tempo, só posso avisar que ROLOU E FOI ABSURDAMEN-TE INCRÍVEL! Não vou mais voltar... brincadei-ra. Mais tarde te conto tudo, te amo, XOXO

Pronto. Saí faminta do quarto e encontrei as meninas, que vieram me abraçar.

— Charlotte! — disseram juntas!

— Sentimos sua falta nesses dias — completou Carol.

— Ah, meninas... — Apertei nosso abraço. — Amanhã o dia é todo nosso! Vou levar e buscar vocês duas na escola. E, se quiserem, podemos ver desenhos à noite.

— Sim!! — comemorou Duda.

Meu Crush de Nova York

— Você é a melhor prima do mundo!

— Suas lindas! — Deixei um beijo na cabeça de cada uma e desfiz o abraço.

— Quais os planos para hoje? — minha tia nos cortou enquanto colocava dois pães na torradeira.

— Ethan mandou mensagem dizendo que preparou algo especial, para me levar em um lugar que ainda não fui, não sei qual. E o de vocês?

Antes que ela respondesse, as meninas começaram um coro:

— Tá namorando, tá namorando!!!

Eu corei imediatamente.

— Meninas, parem. Vocês vão acordar o tio.

As danadinhas morreram de rir. Ouvi os passos pelo corredor e logo meu tio entrou na cozinha.

— Quem está namorando? — Sem hesitar, as duas apontaram para mim. Sempre muito brincalhão, ele respondeu: — Ah, tá, e a Charlotte já tem idade. Vocês duas é que nosso combinado é só quando fizerem 30 anos, lembram?

As meninas riram e Duda piscou para mim. Sim, era a família mais fofa do universo. Parei minha conversa matinal com eles quando ouvi o celular tremer: uma nova mensagem de Ethan.

Te pego meio-dia!

Ok!

Antes que levantasse da mesa, minha tia me perguntou o que faria no meu aniversário. Com toda essa história, tinha esquecido completamente que na quarta-feira faria 26 anos.

— Precisamos comemorar *muito*, já pensou?

Eu não tinha pensado em nada... Era um dia que Ethan provavelmente não me veria, porque trabalharia e estudaria o dia todo.

— Ah, tia, não planejei nada. Podíamos jantar fora em família, para mim seria bom demais.

Minha tia, como sempre animada, fez planos:

— Ótimo! Vou escolher um restaurante incrível para irmos.

Agradeci e fui para o quarto ver qual roupa ainda não tinha usado. Não saber para onde iríamos me deixava tensa, afinal, qual roupa colocar? Os termômetros lá fora marcavam 15 graus, o que para mim, que sou carioca, era muito frio. Enquanto eu mexia nas roupas e todas me desagradavam, minha tia entrou no quarto com uma blusa preta com pequenas bolinhas nas mãos, esticou sobre meu colo e disse:

— Veja se cabe em você. Eu comprei, mas nunca usei. Acho que ela ficou muito larga em mim, mas talvez sirva em você, ela é linda.

De fato, a blusinha deu. E era uma que jamais teria grana para comprar, já que a etiqueta dizia "Michael Kors". Nunca liguei para moda, mas sabia reconhecer algo caro...

— Poxa, tia, muito obrigada! — Agradeci muitas vezes em seguida.

Sem perder tempo, já a vesti, coloquei calça jeans, uma botinha preta de cano baixo e pronto, era só aguardar dar meio-dia.

Enquanto a hora não chegava, peguei uma revista que estava jogada no quarto, uma Cosmopolitan. Trazia a maravilhosa Gal Gadot na capa com a chamada: "Vale a pena viver um amor de férias? Conversamos com 5 mulheres que relatam suas histórias verdadeiras". Abri correndo na página indicada pelo sumário, os títulos de cada depoimento eram:

- Me apaixonei pelo traficante
- Engravidei do meu amor de verão
- Casamos depois de 30 dias juntos
- Larguei minha família para ele me largar por outra
- Criei uma agência para casais que querem viver um amor com validade

Não sei qual dos relatos era o menos deprimente, mas optei pelo que parecia com final feliz, o terceiro. Nele, uma moça americana que foi passar as férias em Cancun se apaixonou pelo garçom do resort, um rapaz mexicano chamado Jesus – meu Deus, todos os mexicanos tinham esse nome? – e ela engordou em um mês uns três quilos de tanto que pedia comida para vê-lo mais vezes. No 15º dia de hospedagem, ela se declarou e começaram a sair depois do turno dele. Ela disse que nunca tinha gostado de ninguém assim e, como Jesus não tinha visto para viver em seu país, se casou com ele no México no último dia de sua viagem. Atualmente ela entrou com um pedido ao governo americano pelo visto de esposo para Jesus, que deve, dentro de cinco meses, poder viver com sua amada na Virgínia, onde ela tem uma empresa de cosméticos, e onde ele irá trabalhar assim que o Green Card for aprovado. Parecia um final feliz, mas se casar em trinta dias era muito louco, né?

Ainda faltava meia hora para Ethan chegar, então peguei a história mais pesada, que era a primeira, a que o cara era traficante, e comecei a ler:

Meu Crush de Nova York

VALE A PENA VIVER UM AMOR DE FÉRIAS? CONVERSAMOS COM 5 MULHERES QUE RELATAM SUAS HISTÓRIAS VERDADEIRAS

ME APAIXONEI PELO TRAFICANTE

Quando fui passar as férias com uma amiga na Colômbia, disseram-me que era o lugar ideal para esquecer meu ex que terminara comigo um ano antes de nosso casamento. Cheguei em Cartagena animada, e conheci outro hóspede chamado Hector. Ele era alto, barba por fazer e se vestia muito bem. Não reparei que todos por lá tinham muito medo dele. Devia ter desconfiado que as pessoas falavam com ele quase que pedindo autorização para fazerem algo.

Envolvente, ele mandava flores para o quarto em que eu estava, pediu para que um violeiro cantasse uma música da Shakira que eu amo, e foi me conquistando aos poucos. Em cinco dias no local, eu já tinha parado de dividir o quarto com minha amiga à noite e passei a dormir na cama com ele, já que, para completar, Hector era ótimo na horizontal.

Eu ficaria apenas dez dias por lá, quando ele me avisou um dia no café da manhã que já tinha, com ajuda dessa minha amiga, mudado meu voo para vinte dias depois e que tinha pagado as despesas do hotel minha e dela. De acordo com ele, não poderia deixar que o grande amor de sua vida fosse embora sem que fizessem planos. Foi quando comecei a desconfiar do porquê ele tinha tanta grana e disse que ele poderia me visitar em Atlanta.

Com um jeito bem galanteador, ele disse que seu trabalho não permitia que se ausentasse tanto tempo assim da Colômbia, mas que eu poderia ficar o tempo que quisesse. As coisas so tornaram um pesadelo quando, em uma busca pelo Google, descobri que seu nome de verdade não era o que me dera, que ele não poderia me visitar porque era procurado pela polícia internacional e que o medo que todos sentima dele era porque ele era conhecido como "Escobar II", mesmo não tendo nenhum parentesco com o falecido traficante.

Foi um pesadelo conseguir sair do país. Hoje em dia, ministro palestras onde ensino às mulheres como não cair nessas furadas.

Fechei a revista, assustada. Comecei a pensar que Ethan não era rico, que muito menos alguém tinha medo dele, que as mulheres tinham um encantamento natural, mas nada comparado ao que ela contou. Fiquei bem impressionada. O celular notificou uma mensagem e era ele:

> Desce <3!

Joguei a revista na cama, gritei aos meus tios que estava saindo, peguei a bolsa e lembrei que nem sequer tinha me maquiado. Apliquei muito toscamente uma base, um batom no elevador e um rímel rapidamente.

Quando desci, ele estava sentado na recepção, de calça preta, sapatos e um sobretudo, bem mais arrumado que eu. Ethan levantou assim que me viu.

— Hey! — Beijou minha bochecha. — Está com fome?

— Nossa, sim! — respondi, levando a mão à barriga imediatamente.

— Bom, estou meio sem grana, mas podemos dar uma passada no Subway. Estou com um cupom na carteira. Um sanduíche de trinta centímetros sai pelo preço de um de quinze.

Amava o jeito dele de ser sincero e falar que estava duro, mas ainda assim, resolvia a questão em segundos. Andamos três quadras e entramos na lanchonete. Quis pagar, mas ele não deixou.

— Eu vou pagar a pizza no jantar, então.

— Tudo bem. — Ele deu de ombros, mas deu para perceber que não estava tudo 100% bem.

Assim que saímos de lá, Ethan viu Igor e Luiza atravessando a rua e chamou-os:

— Hey! Se combinássemos, não dava tão certo...

Igor veio todo sorridente nos abraçando enquanto Luiza lutava com o vento forte que batia e quase tinha levado seu chapéu.

— Olá, meu casal favorito! Estão indo para onde?

Ethan então, vendo que não dava mais para segurar a surpresa, soltou:

— Provavelmente para o mesmo lugar de vocês!

Continuei sem entender nada, mas me desesperei ao ver a meia-calça e o vestido superchique da Luiza, além de Igor estar vestindo um sobretudo assim como Ethan.

— Ethan, aonde iremos? Podia ter me avisado, estou de calça jeans!

— Calma, Charlotte. Vamos assistir Madame Butterfly no Met.

Falei um palavrão, obviamente.

Meu Crush de Nova York

— Você está de brincadeira, né? Não acha que estou muito malvestida para isso? Em um dia ficamos em casa vendo Netflix, no outro você me leva para Ópera, com a diferença de que eu não me vesti para isso!

Calmo como sempre, ele me trouxe uma explicação que achou razoável. Eu discordava um pouco.

— É apenas uma apresentação especial de ensaio para a nova temporada. A plateia vai ser só de estudantes e amigos da produção, por isso começa tão cedo. A ópera de verdade, quando em cartaz, só começa às 20h.

Ele tentou, mas não me convenceu muito. Lá fomos nós quatro de metrô até o Met, que fazia parte dos prédios de onde Ethan e Luzia estudavam.

No caminho, coloquei mais maquiagem, fechei o casaco na altura da calça para só deixar a blusa mais evidente, e desejei que ele tivesse me dito que iríamos para lá. Eu certamente seria a mais desalinhada.

Assim que chegamos em frente ao Complexo do Lincoln Center, Ethan e Luiza fizeram as vezes de guia, explicando-me muitas coisas, enquanto Igor olhava de um jeito apaixonado que daria para refazer o meme "Case-se com alguém que te olhe como Igor olha para esposa".

Basicamente, o que aprendi foi que a Metropolitan Arena é conhecida como Met Opera. Ela foi inaugurada em 1880! Claro que passou por várias reformas depois... É o maior teatro dos Estados Unidos e, por ano, apresenta cerca de vinte e sete óperas. Atualmente o diretor musical que tem um quadro dele na entrada é James Levine, já que o cara está na função desde 1976! Ou seja, nenhum de nós éramos nascidos ainda, ele deve mandar muito bem.

Apesar de parecer uma coisa somente para a elite por causa dos altos preços dos ingressos – olhei e o que estava em cartaz custava U$ 145 dólares, a entrada mais barata. Se converter é um infarto! –, a cada ano que passa, eles fazem mais ações para atrair o público mais humilde. Uma das ações para popularizar é passar suas óperas em cinemas ao redor do mundo. Vocês certamente já viram nos trailers de filmes no Brasil com propagandas para comprarmos ingressos para assistirmos óperas. Eles são gravados ao vivo e reproduzidos em centenas de países.

Quando entramos no teatro, fiquei impressionada com a beleza e o tamanho dele. De acordo com Ethan, cerca de 3.800 pessoas sentadas cabem no espaço. Gente, é *muita* gente! Para terem ideia, em termos de comparação, o Theatro Municipal do Rio de Janeiro atualmente tem capacidade para 2.300 pessoas. Imaginem um espaço maior que aquele?

Por ser um ensaio, não recebemos aqueles folhetos para acompanhar a peça, só tinha um cartaz, perto de um dos corredores, escrito "em breve". Entreguei meu celular para o Ethan e pedi que tirasse uma foto ao lado. Depois que ele tirou, Igor se ofereceu para tirar uma de nós dois, dizendo que era a mais linda recordação que poderíamos ter. Ao vir para o meu lado, Ethan pegou em minha mão e pediu para que ele tirasse duas, uma de nós dois lado a lado, outra beijando meu rosto.

Passado o momento das fotos, garanti que meu celular estivesse no silencioso, achamos nossos lugares, que não eram muito próximos, e combinamos de encontrar o casal na saída. Ao nos sentarmos, fiquei reparando nas pessoas, em como tinha gente de todas as idades e etnias. De fato, minha roupa não era algo que desse para ficar reparando, pelo menos não naquele ensaio dedicado aos estudantes e amigos.

Acomodei-me na cadeira e esperei que começasse. Não sabia nada ou quase nada sobre a ópera de Giacomo Puccini, e me vi envolvida com cada um dos dois atos. Falando assim, parece um tempo longo ter três horas de duração, mas, acreditem, não olhei o relógio um minuto sequer e ainda me emocionei muito com tudo que assisti. Benjamin Pinkerton é um oficial da marinha americana que vai morar no Japão e lá compra uma casa. Junto com ela, vem uma gueixa de apenas 15 anos. Os dois se apaixonam, mas ele não dá muito o braço a torcer. Mesmo assim, eles se casam, e somente um tio dela é contra e os amaldiçoa no dia do casamento. Nossa, eu chorei muito quando cantaram "Vogliatemi Bene", porque passaram o sentimento de um amor tão forte quanto doído para ambos, por causa da diferença de cultura.

Ethan olhava para mim como quem aprecia passar o que ama para outra pessoa e eu o admirava ainda mais por ouvir tão diferentes gêneros e não ter preconceito com nenhum, apesar de entender a fundo sobre ópera. Parecia-me sempre tão elitista ouvir ópera, que eu só ouvia Andrea Bocelli, por ele ser mais popular e gravar com o pessoal da música pop.

Ao final do segundo ato, saí do teatro quase como se fosse outra pessoa. Fiz várias perguntas ao Ethan e à Luiza, que encontramos na saída. Quis saber se os dois um dia fariam parte de orquestra por serem estudantes, no que Luiza respondeu:

— É um sonho para todos nós, mas infelizmente não há espaço para todos. Por isso Igor continua trabalhando no Brasil, para podermos ter um plano B caso esse não vingue.

Meu Crush de Nova York

Ethan concordava com a cabeça. Passamos por uma charmosa cafeteria e Igor quis entrar, dizendo que precisava urgente de um café. Eu amava café, mas quis brincar com Ethan:

— Estou um pouco enjoada de cafés que não sejam feitos pelo meu barista preferido...

Na mesma hora, ele me pegou pela cintura e me deu um beijo. Só paramos quando Igor perguntou se ele não ia entrar, deixando-me com Luiza do lado de fora da apertada cafeteria.

Foi ela que começou puxando papo, quando estávamos só nós duas. Era em português mesmo que nos falávamos, já quando Ethan estava presente só nos comunicávamos em inglês para que ele entendesse.

— Então, gostando da cidade? Igor comentou comigo que é a primeira vez que vem aqui. Que coisa louca isso de terem sentado um ao lado do outro no voo e agora estar com o Ethan!

Como sempre, não resisti e falei demais, respondendo o seguinte:

— Estou amando tudo nessa cidade. Sério, não há nada aqui que eu não goste. Aliás, que eu não ame, incluindo Ethan.

Por que eu sempre falava demais? Não podia ficar quieta e só dizer o essencial? Não, eu sempre soltava o que estava sentindo. Tentando me ajudar e vendo meu desconforto com o que acabara de revelar, Luiza continuou:

— Nova York é assim, apaixonante. E ainda mais incrível para viver um grande amor. Nunca se culpe, a culpa é da cidade — disse piscando.

Quis complementar:

— Se pensarmos que daqui a três dias é meu aniversário, parece mesmo o lugar perfeito para comemorá-lo.

Foi o tempo exato de eles saírem com copos imensos de café. Ethan encheu o meu de creme do jeito que eu gostava. Fomos andando e eles avisaram que Luiza precisava estudar e que Igor prometeu a seu chefe que faria umas horinhas de *home office*. Despedimo-nos, enquanto Ethan me perguntava se eu topava ir para a casa dele de novo.

Eu sabia o que rolaria, também tinha consciência de que ficarmos vagando pela rua sem muita grana não era o mais legal a se fazer. Aceitei e lá fomos nós. Nem perguntei dessa vez se Bill estaria em casa, o que pude perceber que sim. Ele estava na sala com a namorada. Os dois quase não nos viram entrar, porque estavam bem animados se beijando no sofá. Só disseram em coro um "Oi, Charlotte" e entramos no quarto de Ethan. Tirei o casaco e coloquei na cadeira:

— Obrigada, mesmo! Assistir a uma ópera como aquela vai ficar marcado para sempre na minha vida. Que história, que vozes! Como ainda não conhecia?

Vi que Ethan amou o fato de eu ter gostado. Ele disse que se tivéssemos mais tempo na cidade poderia me levar a todas as óperas que conseguisse ingressos.

Mais uma vez o tempo. Percebi que ele passava, ainda que tivesse feito um esforço imenso para não pensar sobre isso.

— Vamos continuar vendo Black Mirror?

Ele parecia mais animado que eu, então topei, claro. Assistimos mais dois episódios. O dia já começava a escurecer lá fora e, como já me sentia na intimidade com ele, perguntei qual era a escala dele da próxima semana.

— Trabalho a semana inteira, e estudo também. Na verdade, no próximo sábado também estarei trabalhando, mas só pela manhã. Próximo dia todo livre é só domingo mesmo.

Fiz um "ah, tá", já pensando que o veria à tarde no próximo sábado, só teria mais esse dia e a tarde de domingo, porque na quarta seguinte ao próximo final de semana, eu já estaria voltando ao Brasil para minha realidade de currículos enviados, duas entrevistas marcadas e nenhuma devolutiva.

Assistimos deitados na cama dele. Eu lutava contra vários pensamentos, mas um deles me dizia que eu deveria melhor aproveitar aquele raro momento. Então, assim que acabou o segundo episódio fui até a porta do quarto dele, tranquei-a e fui tirando minha blusa, como quem, com gestos, já demonstra o que quer fazer. Nem um pouco lento, ele tirou a camiseta, abriu a calça preta e deixou aparente sua cueca, dessa vez com a borda escrita "Capitão América". A gente combinava: Ethan também tinha em sua roupa de baixo itens de super-heróis, mas eu tinha colocado algo mais sexy dessa vez. Gostava de não termos combinado nada, de sermos espontâneos. Antes de tirar sua calça, brinquei:

— Tenho algo a lhe contar. — Ele esperou atento, sem se mexer, e então continuei: — No filme, torci o tempo todo para o Homem de Ferro. Você me perdoa?

Senti o alívio em não ser nada sério quando seu rosto mudou, dando espaço para um imenso sorriso, com aqueles dentes perfeitos que me deixavam completamente hipnotizada. Como quem entra na brincadeira, ele me agarrou e, passando a mão pela minha barriga até chegar no botão da calça, abrindo-o, disse:

— Eu sei como fazer você torcer pelo resto da vida para o Capitão América, espera só.

Meu Crush de Nova York

E, claro que, mais uma vez, senti o maior prazer da minha vida. Tantas coisas me impressionavam nele, mas tê-lo subestimado por ser mais novo e agora tê-lo como a melhor relação que já tive só faziam com que eu me apaixonasse ainda mais por ele. O que era legal, mas ao mesmo tempo errado, pelas razões que vocês já sabem.

Quando paramos, senti Ethan me abraçar forte e afundar a cabeça em minha barriga. Como quem conta um segredo, o ouvi dizendo em um tom quase inaudível:

— Fica!

Levantei-me da cama, irritada. Eu ouvi o que queria, mas aquilo só me fazia lembrar o quanto cada dia se aproximava de não estarmos mais juntos.

— Por que faz isso comigo? Você sabe que não posso! Sabe que tenho minha vida no Brasil, é injusto demais... Eu tenho amado cada segundo com você, sabe disso. Mas não tenho nem visto para morar aqui, não tenho como me manter...

— Mas você disse que no Brasil também estava sem emprego...

— Sim, mas lá eu não sou uma imigrante legal, né... É meu país, e espero de verdade que esse ano consiga algo!

— Aqui as coisas são mais fáceis, não falta emprego assim. Você conseguiria algo muito rápido! — disse ele, tentando me convencer.

— Ah, sim, tenho certeza de que eu se eu chegar no Consulado e falar que quero ficar aqui para arrumar emprego eles vão me receber de boas... Vão é cancelar meu visto, nem de visita consigo entrar aqui novamente.

Ethan parecia viver em um mundo à parte. Eu o achava tão maduro e estava agindo como uma criança, não ouvindo absolutamente nada do que dizia. Quanto mais dava provas de que não era uma opção continuar ali, mais ele dava a entender que achava que não estava me esforçando.

Aquilo me deixou muito triste, porque era algo que não dependia da minha vontade. Eu jamais iria morar em um país sem o visto adequado, sem emprego certo. Tentar a vida dessa forma era contra todos os meus princípios. Por mais que admitisse que voltar ao Brasil pensando nele já seria bem difícil.

— Ethan, tem mais... Eu tenho minha mãe. Pensa comigo quão absurdo é a gente estar juntos há poucos dias e já pensarmos em um mudar de vida por causa do outro? Nem sequer somos namorados, somos duas pessoas que estão curtindo enquanto essa viagem permite. Não é algo que possa ter futuro, sabemos disso. Ninguém vai morar em outro país porque ficou vinte dias com alguém, isso não deve ser assim. As pessoas fazem isso depois de um bom tempo de relacionamento e nós nem temos um.

Eu fui dura, mas precisava dizer a verdade. Ele não falava mais nada. Eu queria de alguma forma provar que ele era importante para mim, mas que era loucura fazermos qualquer plano juntos:

— Eu nunca te disse nada sobre isso, mas, antes de te conhecer, nem acreditava em amor à primeira vista. Até você derrubar aquele café todo em mim e eu ficar pensando em você onde quer que eu fosse. Eu vinha de dois namoros não muito animadores, de um sexo morno e de um trauma de família que até hoje me assombra. Meu pai, depois de muitos anos de casamento, avisou a minha mãe pelo telefone que estava deixando nossa casa, que tinha se apaixonado por alguém mais nova que eu.

Ele esperou ela sair de casa, pediu folga no trabalho e arrumou tudo enquanto eu viajava a trabalho e ela ia cuidar da minha avó. Que tipo de homem faz isso? Nunca consegui perdoar meu pai, mesmo já tendo passado uns quatro anos, eu continuo mais desacreditada em relacionamentos ainda. De repente, encontrar você e viver isso que estamos vivendo tão intensamente tem até me dado ânimo para pensar que não posso achar que todos os homens agirão como meu pai. Mas está aí mais um motivo de eu não poder mudar de país. Minha mãe só tem a mim, minha avó faleceu e eu e mamãe somos filhas únicas. Imagina como ela ficaria sem mim?

Parei de falar, porque ele colocou a roupa toda enquanto me explicava e vi que nada do que eu dizia parecia fazer sentido para ele... Esperei por alguma frase que demonstrasse que eu estava certa e que ele ia querer agora curtir nossos poucos dias, mas ele parecia desolado. Foi então que finalmente abriu a boca:

— Eu sei que sou um duro, que só me formo ano que vem e que a grana como barista mal cobre meus gastos. Volta e meia meus pais mandam um dinheiro que sei que eles também não têm, mas mandam mesmo assim. Sei que minha cultura é muito diferente da sua e que talvez nunca entenda sua relação com sua mãe, até porque por aqui, com a mãe casada ou não, saímos de casa para viver nossas vidas no ano que entramos na faculdade... Mas eu tenho algo muito diferente de você, Charlotte. — Ethan parou o que fazia e olhou nos meus olhos para dizer o que vinha em seguida: — Eu acredito na gente! E pouco me importa se você está traumatizada por causa de seu pai, porque na minha cabeça você deveria se preocupar com a gente, apenas com isso. Eu também não meço o tamanho do meu sentimento pe-

Meu Crush de Nova York

los dias que estamos juntos, porque acredito que cada relacionamento tem seu tempo. Conheço pessoas que se conheceram em trinta dias, se casaram e estão juntas até hoje, mas também sei de casos onde ficaram dez anos noivos e se separaram quinze dias após o casamento! E então? O que nos falta? Você não se sente como minha namorada?

Ele veio assim, com essa pergunta, com essa bomba e eu me sentindo culpada. Não era só isso, mas também isso. Eu não sabia muito se gostava de ouvir de alguém que conheci em tão pouco tempo que minha forma de ver o mundo não era exatamente a correta, metendo-se até mesmo nos meus traumas... O que ele sabia sobre como aquilo me afetou? Quis deixar ele pensando e falei o que sentia:

— Ué, se somos namorados, por que você não se muda para o Rio comigo? Por que eu tenho que vir pra cá?

Ethan parecia ter resposta para tudo:

— Porque eu ainda estudo e você já terminou, mas você pode pedir um visto de estudante para uma pós ou aplicar para algumas vagas na sua área aqui nos Estados Unidos. Mesmo que você more em Houston, nos veríamos mais vezes....

Tudo para ele parecia tão ridiculamente fácil que me perguntei se eu era tão desacreditada mesmo em tudo... Não seria simples, até parece que conseguir algo por aqui era essa facilidade toda, ainda mais com esse presidente que ama imigrantes, só que não.

— Ethan, isso não vai levar a nada. Você não vai pra lá, eu não tenho como vir pra cá. Por favor, vamos curtir nossos dias! São poucos, por isso temos que dar mais atenção a eles.

— Eu vou chamar um Uber. — Bem chateado, ele me entregou o casaco. — Está tarde e amanhã de manhã eu tenho aula.

Senti-me expulsa e meu orgulho fez com que eu saísse da casa dele com zero intenção de procurá-lo novamente. Cheguei a pensar que talvez fosse Deus me ajudando... Era difícil me despedir dele sem o beijar, mas entrei no carro sem nem dar tchau, não queria olhar para ele porque aquilo doía muito em mim, cheguei na casa de minha tia pedindo desculpas, jogando-me diretamente no banheiro, onde sabia que não me interromperiam. Eu precisava ficar só, chorar quieta. Era um misto de raiva, por ele não entender a nossa realidade, e de tristeza, por saber que algo tão inédito em minha vida precisaria ser interrompido.

Claro que minha tia bateu na porta.

— Charlotte, querida. Está tudo bem?

Soltei a respiração, um pouco frustrada por não conseguir ficar sozinha. Era bem óbvio que não estava.

— Vai ficar, tia. Eu só apressei o que já não tinha futuro.

Acho que dessa vez ela entendeu. Fui deitar-me muito mais cedo, nem vendo os áudios que Juli tinha mandado. Eu queria acabar o dia, esquecer Nova York e, ao mesmo tempo, mais dias com Ethan, mas nada disso eu teria.

Capítulo 15:
COMO PERDER UM HOMEM EM 10 DIAS

Mais uma segunda-feira na cidade que sonhava tanto visitar, mas quem diria que em tão pouco tempo conheceria alguém e não estaria mais com ele até a viagem acabar?

Nova York era algo muito doido mesmo. Eu sabia que não poderia ficar na cama o dia inteiro, e minhas primas entraram no quarto lembrando que eu havia prometido levar as duas na escola, então não tive muita escolha. Respondi ao áudio da Juli dando um resumo do meu dia e finalizando com um "meu romance fadado ao fracasso subiu no telhado!". Não tive nenhuma animação para falar com minha mãe, respondi as mensagens dela somente com a foto onde estou sozinha em Madame Butterfly. Ela, em compensação, respondeu na mesma hora.

> Está linda! Que sonho ter visto isso filha, te amo!!

Também olhei para o nome de Ethan e ele não tinha me enviado nada. Acho que estava bem óbvio que, apesar de mostrar que a última vez dele online tinha sido há poucos minutos, ele não estava sentindo minha falta. Esperava de verdade que ele aparecesse, mas não foi o que aconteceu.

Acompanhada de minha tia, fizemos um passeio bem parecido na segunda e na terça. Levamos as meninas na escola, pegamos as duas para levar para outras aulas, visitamos algumas lojas e docerias, tiramos fotos em frente a teatros e fomos a um píer charmoso onde tomamos um delicioso sorvete. Durante as noites, assisti filmes com as meninas, sempre os mesmos: cismaram com "A Bela e Fera" a ponto de eu já saber as falas de cada personagem. Era um martírio a todo minuto olhar para o celular na esperança de que ele tivesse enviado algo e a pergunta que fazia para mim mesma era: "Gente, ele não sente minha falta? Eu aqui pensando nele o dia inteiro e ele nem aí?"

Esse era mais um motivo para eu achar que tinha agido certo. Era impossível em poucos dias alguém se apegar a outra pessoa a ponto de mudar seus planos por ela. Era uma viagem de férias. Ainda que eu não tivesse trabalho e estivesse há meses no ostracismo, tudo isso era apenas algo para ajudar a passar meu tempo, pois precisava esfriar a cabeça e não me desanimar, o que estava acontecendo com frequência. Quando uma mensagem da Juli chegou, ela só dizia uma coisa:

> Vá viver sua vida, pare de problematizar! #destraumatiza

Não acredito que até minha melhor amiga estava do lado de alguém que ela não conhecia! Eu era tão traumatizada assim? As pessoas deveriam se colocar no meu lugar!

Levantei-me para ir até a cozinha pegar uma água. Nela, um imenso calendário mostrava com um círculo, provavelmente feito por minha tia, o dia que eu chegava e o dia que partiria. Era terça, quase meu aniversário e eu estava em Nova York há onze dias exatamente. Contando que eu ainda ficaria oito dias e meio na cidade, já que meu voo saía à noite, pedi licença às minhas primas e disse que tinha algo que eu precisava fazer naquele instante.

Ao contrário do que podem estar pensando, eu não mandei nenhuma mensagem para o Ethan, mas coloquei Sex and The City desde o primeiro episódio para passar no quarto onde eu estava dormindo. Queria entrar no meu 26º aniversário assim, vendo minhas heroínas Charlotte, Carrie, Miranda e Samantha, que me provaram que eu não precisava de homem algum para ser feliz.

Foi assim que, à meia-noite de Nova York, vi Mr. Big sendo idiota mais uma vez com Carrie; ela citando Barbra Streisand e eu me divertindo com a certeza que Ethan não estragaria meu aniversário.

Quando acordei, já era quase uma hora da tarde e acho que em nenhum dia dormi tanto. Minha tia entrou no quarto para me dar parabéns entregando-me uma sacola da Victoria's Secret.

Agradeci, ainda sonolenta, e abri o pacote que trazia uma lingerie maravilhosa, um creme supercheiroso além de um batom da mesma cor de

Meu Crush de Nova York

tudo que ela tinha me dado.

— Vem, tome um banho, levanta dessa cama que hoje é dia das meninas. Combinei com a diarista de pegar as meninas na escola para podermos passear mais, não é sempre que se passa o aniversário em Nova York!

Minha tia estava muito mais animada que eu, como de costume. Meu celular tocou e era minha mãe:

— Filha... — Do outro lado da linha, ela chorava. — Estou tão feliz por você estar se divertindo. Desculpe a sua mãe, mas é que estou sentindo saudades. Esse é o seu primeiro aniversário, desde que nasceu, em que não vamos nos ver. Eu te amo tanto, filha...

Ela continuou falando algumas coisas e me emocionei com tudo que ela me disse.

— Mãe, não chora. Em poucos dias estarei de volta e nós vamos comemorar muito.

Juli também mandou mensagem, assim como muitos outros amigos. Dei um *like* em todas e me programei para responder depois. Para minha infelicidade, não havia nenhuma mensagem de Ethan, mas, pelo que me lembro, ele nem sabia que hoje era meu aniversário.

Saí do banho e tinha waffles para mim. Minha tia tinha caprichado.

— Hey, me conta logo... aonde iremos?

— É surpresa! — Ela sorriu, toda misteriosa. — Mas tem tudo a ver com o seriado que você mais ama nessa vida...

Assumo que fiquei na dúvida se seria Sex and The City ou Friends. Descemos logo depois e andamos uns dois blocos até pararmos em um ponto de ônibus. De longe avistei um ônibus com uma propaganda colada: "Tour Sex and The City". Não acreditei... Melhor aniversário do mundo!

— Sejam todos bem-vindos! — disse um rapaz, assim que entramos e nos sentamos. — Eu sou o Gregory e sou estudante de cinema. Aqui começa a nossa diversão! Vocês seguirão os passos das quatro mulheres mais amadas de Nova York e entrarão no mundo delas!

Eu estava tão animada que não sabia se tirava fotos ou acompanhava atentamente o que o tal Gregory tinha a dizer sobre o que faríamos.

— Tia... — Olhei para ela, genuinamente feliz por tudo o que estava vivendo naquele dia. — Muito, muito obrigada. Não só por esse tour, que eu já sei que será incrível, mas por tudo que vem fazendo por mim.

Como resposta, minha tia me deu um sorriso e apertou a minha mãe. Era tudo do que eu precisava para passar por um dia como o de hoje sem pensar nos acontecimentos recentes.

Passamos pela 5ª Avenida, por onde Carrie morava, ou melhor, por onde era filmada a casa dela do lado de fora. O lado de dentro era em um estúdio e o novo proprietário não permite fotos na escada do apartamento, então tivemos que passar olhando do ônibus mesmo. Lógico que fiquei louca para tirar várias fotos nela, mas respeitei. Também passamos e paramos na Magnolia Bakery e comi um imenso *cupcake*. Lembrei-me do banco onde Carrie se senta com Miranda e conversam, então tirei muitas fotos imitando a cena. Minha tia fez as vezes de Miranda, e eu, claro, de Carrie. O mais bacana é que, dentro do ônibus, vamos assistindo vídeos comparando o lugar que visitaremos e como ele aparecia no seriado para lembrarmos melhor ainda de cada cena.

Uma visita inusitada também aconteceu: paramos no Sex Shop Pleasure Chest, onde Charlotte comprou o Rabbit, aquele vibrador que fez muito sucesso por causa do seriado. Em seguida, paramos no bar Scout: alguém lembra que Aidan – como Carrie não se casou com ele? Não me conformo... – e Steven o abriram juntos? Então, ele existe e, obviamente, aproveitei para tirar muitas fotos.

Estranhei somente o letreiro, porque, na verdade, ele chama Onieal's, mas lá dentro tinha muitos martinis, a bebida preferida delas... Tomei dois e me avisaram que tinha que pagar 10 dólares por cada um. Sem pestanejar, morri nessa pequena grana e senti-me um pouco tonta, mas era meu aniversário, me deixem ser feliz!

No total, o tour tinha três horas de duração, o que no final me deixou faminta, mesmo tendo devorado o *cupcake* da Magnolia Bakery. Acabamos no Mc Donald's mesmo, matando um imenso Big Mac cada, uma forma simples, mas divertida de curtir meu dia. Amei cada minuto.

Também entrei na Barnes & Noble querendo comprar um livro de presente para minha mãe. Ela ama Harlan Coben e, apesar de ser meu aniversário, não tinha como não lembrar que o dela seria assim que voltasse de viagem. Além de chocolates e uma blusa que eu já tinha comprado, quis levar um livro que ainda não tivesse sido lançado no Brasil, então optei por Home.

Voltamos para a casa de meus tios em seguida. Ainda sairíamos à noite para jantarmos todos juntos e, por mais que pensasse em Ethan, eu precisava curtir meus dias aqui. Tudo tinha sido incrível, mas, como eu já sabia, precisava ter um fim.

Capítulo 16:
LOUCA POR VOCÊ

Olhei novamente para o celular e não havia nenhuma mensagem, só notificações de pessoas que não falam comigo o ano inteiro, mas o Facebook avisa que é meu aniversário e elas dão os parabéns. Deitei-me de roupa na cama e ouvi as meninas chegando da rua, felizes porque comeríamos fora. O que minha tia corrigiu, já que, como meu tio chegaria muito tarde, os planos tiveram que mudar. Ela pediria comida de um restaurante japonês que eles amam. Eu como também, curto muito comida japonesa, então achei incrível, pois meus pés estavam bem doloridos.

Esperamos a comida chegar e foi o tempo do meu tio entrar, visivelmente exausto vindo do trabalho, e nos sentarmos todos à mesa para comermos. Havia um pequeno bolo para cantarmos parabéns com uma vela fofa da Bela.

— Eu que escolhi, Charlotte! Você gostou? — Carol fez questão de avisar.

— Eu amei, Carol, obrigada!

— Vamos cantar os parabéns? — minha tia sugeriu.

Enquanto minha família entoava os parabéns para mim, assoprei a vela e fiz questão de pedir um emprego novo!

Fiquei mais um pouco na sala para depois ir para o quarto, querendo me isolar. Sabe aquela deprê básica de aniversário que bate quando você se pega pensando na vida e só consegue lembrar de tudo que não alcançou até hoje? Era assim que me sentia. Por mais que meu dia tivesse sido incrível, eu não podia deixar de lembrar que minha realidade era muito diferente daquilo tudo. Voltando para o Brasil, eu seria mais uma na fila do desemprego, sonhando não somente com um trabalho, mas também com grana para poder um dia tirar férias e voltar aqui.

RAFFA FUSTAGNO

Fora isso, tinha Ethan, aquele sonho impossível. Sempre li sobre amores de verão que não sobem a serra e nunca entendi muito bem isso até me deparar com o real significado nessa viagem. Não levava o menor jeito para bancar a Sol daquela novela América. Nem sei se vocês lembram, mas eu amava ver a Deborah Secco enfiada nas maiores enrascadas tipo painel de carro com ela dentro ou caixa onde ela saía, mas essas coisas só têm graça quando escritas por Glória Perez, minha vida tá tão drama que Nicholas Sparks poderia comprar os direitos autorais.

Enquanto pensava em tudo isso – aperto o celular e esqueço por uns minutos que estava esperando uma mensagem que não viria –, fui tirar a maquiagem para poder deitar vendo mais episódios de Sex and The City. Na verdade, adiantei para aquele em que ninguém aparece no aniversário dela. Adorava aquele capítulo, por mais que odiasse a forma como ela tinha se sentido naquele dia.

O celular apitou com diversas mensagens de uma vez. Fiz-me de forte e não olhei... Até que não consegui me controlar muito e ver que eram de Ethan.

> Oi! Ocupada? Consegue se vestir em dez minutos? Se não der, me avisa... beijos.

Assim, como se nada tivesse acontecido. Ah, querido... Não é assim que as coisas funcionam por aqui! Banquei a fria:

> Não sei se consigo, por quê?

Enviei isso com o coração na mão, para ser bem sincera.

> Me diz se consegue que mando o Uber te buscar, por favor 🙂

Ele realmente estava fingindo que nada estava acontecendo ou tinha acontecido? Homens! Eu deveria ter dito que não ia, mas a bobona aqui fez exatamente o contrário.

> Dez minutos estão ok, desço daqui a pouco.

Ai, que ódio de mim! Dois dias sem aparecer, e eu me jogo facilmente na dele? Que pessoa fraca! Odeio essa minha versão apaixonada.

Passei novamente a base, um batom meio ameixa, e calcei os sapatos que tinha tirado. Avisei para minha tia que sairia com Ethan e ela só desejou que tivesse uma noite linda. *Era o que eu esperava também, tia.*

Desci e lá estava o carro que ele tinha avisado que estaria. No meu celular, mais uma mensagem dele:

> Quando chegar sobe
> direto, por favor!

Estava indo para casa dele então... Ele não tinha que estudar? Não perguntei nada, só respondi sucintamente.

> Ok.

Subi e ao chegar na porta da casa dele tinha um post-it com a mensagem:

> Abra, pode entrar.
> Beijos, Ethan.

Imaginei que fosse para mim. Pelo chão, encontrei umas velas redondas pequenas que faziam um trajeto até o quarto dele. Perto da porta, em um dos quadros pendurados, outro post-it. Para ler esse, tive que usar a luz do celular.

> Oi, acenda a luz. Quer cair por
> cima das velas?

Acendi a luz e pude ver imensos balões em formato de coração. Bem no meio, dois tinham as letras C e E ainda maiores. Alguns deles estavam escrito "Feliz Aniversário". Meu coração pulava de alegria, eu não conseguia parar de sorrir. Vi que a mesa da sala estava posta, mas ainda não o via. Quando uma música alta começou só com os acordes e ele apareceu de terno, tocando seu violino, fiquei parada só olhando e me sentindo a pessoa mais feliz do planeta. Ethan largou o violino no sofá e veio para perto de mim, cantando uma música do Barry White que amo... Enquanto fingia cantar na voz original, fazendo uma colher de microfone:

I´ve heard people say that
Eeu ouvi pessoas dizerem que
Too much of anything is not good for you, baby
Qualquer coisa em quantidade não é muito bom para você, querida
Oh no
Ah não
But I don´t know about that
Mas eu não entendo sobre isso

RAFFA FUSTAGNO

There's many times that we've loved
Tiveram tantas vezes que nós nos amamos
We've shared love and made love
Que dividimos amor e fizemos amor
It doesn't seem to me like it's enough
Não parece para mim que isso seja suficiente
There's just not enough of it
Simplesmente não existe o suficiente disso
There's just not enough
Simplesmente não existe o suficiente

Oh oh, baby
My darling I can't get enough of your love, babe
Minha querida, eu não consigo ter o suficiente do seu amor, baby
Girl, I don't know, I don't know why
Garota, eu não sei. Eu não sei por quê
Can't get enough of your love baby
Não consigo ter o suficiente do seu amor, baby
Oh, some things i can't get used to
Oh, algumas coisas eu não consigo me acostumar
No matter how I try...
Não importa o quanto eu tente...

Deixei-me levar pela música e por ele. Ali, naquele minuto, eu já não sabia mais do que tinha certeza na vida. Era pouco tempo para mim, era muito para saber que não poderia deixar de viver aquilo até onde desse...

A música acabou após dançarmos juntos. Estávamos tão em sintonia que era como se tivéssemos ensaiados os passos.

— Eu conheço essa música e já vi esse filme.

Ele riu enquanto passava as mãos pela minha cintura.

— Sim, percebi. Chama Louco por Você e já vi esse filme algumas vezes, não sabia que também tinha passado no Brasil.

— Ah, claro, porque lá só tem florestas, samba e animais silvestres, certo? Deixei-o vermelho.

— Não foi isso que quis dizer, não sabia muito do seu país até te conhecer e perceber que se é de onde você veio, preciso entender a fundo que país incrível é esse.

Ele sabia me deixar ainda mais encantada por ele, esquecendo que nosso romance de férias tinha prazo de validade.

— Então, como me saí de Julia Stiles?

— Você é muito mais linda do que ela e eu poderia cantar e dançar todas as músicas do Barry White agarrado com você, que já traduziria boa parte do que estou sentindo.

— Temos um ianque romântico aqui...

Ele gargalhou e agora sei que amo tudo nele, até essa gargalhada desafinada e ainda assim maravilhosa.

Joguei-me nele. Que se explodam o mundo, o desemprego e meu visto de poucos meses! Retirava tudo que já tinha dito, eu seria imigrante ilegal, pagaria coiote, queria aquele homem para sempre. Ele conseguia me fazer esquecer que a razão existe e lembrar somente de duas coisas: fogo e paixão. Estava literalmente fazendo o Wando e quase tirando a calcinha e jogando na direção dele. Interrompi meu delírio *hot* quando ele disse que ia amar o que ele tinha preparado, mas mal sabia ele que minha fome era outra, porém não podia fazer a Rainha do Xvídeos, então dei uma controlada básica no tesão e pensei "foca na comida!". Sempre funciona comigo, quer dizer, funcionou porque ele estava vestido...

Jantamos massa, especialidade dele, e terminamos a noite fazendo o sexo mais intenso e maravilhoso que já fiz na vida. Eu provavelmente já disse isso, e desculpem se estou sendo repetitiva, mas só queria dizer a vocês que descobri que se não sentimos falta disso é porque não descobrimos como é sentir prazer de verdade. Era isso que Ethan me dava: ele não era minha outra metade, porque não posso dizer que era incompleta, mas ele me preenchia em espaços vazios que volta e meia eu sentia falta de algo. Com ele, era como se pudesse enfrentar o mundo.

Ainda deitada no peito dele, disse o que pensava:

— Eu amo você!

Saiu assim, sem pensar, sem eu me planejar. Para mim, era necessário me abrir dessa forma. Queria tanto que todo mundo não fosse como eu, que a gente perdesse o medo de dizer o que pensamos em voz alta, porque é nesse momento em que o medo perde a força. Foi nesse segundo que percebi que precisava viver, que não tinha que me preocupar com o relógio. Focaria em acreditar no destino, o mesmo que nos uniu.

Quando se fala "eu te amo", ainda mais pela primeira vez, é verdade que esperamos ouvir o mesmo da outra pessoa, mas sabemos que nem sempre isso acontece. Qual não foi a minha surpresa quando a resposta dele foi:

— Idem.

Um *"idem"*... Eu não acreditei. "Idem" não é eu te amo, é "idem". Mesmo assim, tentei me acalmar. Ele tinha feito a surpresa mais linda do mundo, dito todas aquelas coisas, e aquilo tinha despertado em mim algo que eu estava pronta para dizer, mas sabe-se lá por que ele não.

— Charlotte...

— Humm — respondi, ainda pensando em toda a situação do "idem".

— Passa a noite comigo? — pediu, sua voz cheia de ternura. — Amanhã eu preciso ir cedo para a faculdade, mas quero muito acordar olhando nos seus olhos.

Sorrindo, dei a ele a única resposta que eu poderia dar:

— Claro.

Mesmo assim, no coração, só conseguia pensar no "idem". Mandei mensagem para minha tia avisando e ela disse que sem problemas, que a chave estaria com o recepcionista. Pedi uma camiseta para passar a noite e ele me entregou uma com o Mestre Yoda. Fiquei até com pena de dormir com ela, mas dobrei minhas roupas e, quando voltei para cama, tinha uma caixa, com um bilhete dele:

> *Para a brasileira mais especial da minha vida!*

Abri a caixa e nela havia várias coisas:

- Um *blu-ray* de Escrito nas Estrelas;
- Uma camiseta de Sex and the City;
- Um vale do Starbucks para tomar café com creme;
- Um chaveiro de coração com a frase "Te amo".

Não acreditei. Ele poderia falar "idem" pelo resto da vida agora... Tinha preparado tudo que eu amava, fiquei curiosa:

— Como soube que hoje era meu aniversário se nunca te disse?

Sorrindo, Ethan revelou seu segredo:

— Luiza me ajudou. Segunda-feira, na faculdade, eu estava meio triste e ela percebeu. Perguntou o motivo e disse que era porque você ia voltar ao Brasil. Ela me falou sobre o seu aniversário, disse que seria hoje. Eu não poderia deixar essa data passar.

— Então você arrumou tudo isso...

— É... — disse, um sorriso nascendo em seus lábios. — Luiza me indicou uma loja de balões e artigos para festa, então dei uma passada lá e comprei umas coisinhas. Espero que você tenha gostado.

— Tem como não gostar, Ethan? Foi tudo tão incrível!

Ele sorriu, passando a mão no meu rosto e disse, beijando-me:

— Feliz aniversário. Eu também te amo!

Eu não precisava de mais nada, talvez somente que o tempo parasse mesmo.

Capítulo 17:
O DIA DEPOIS DE AMANHÃ

Acordei com Ethan me dando um beijo, eram seis horas da manhã. Ele disse que já estava indo, mas que se eu quisesse ficar na casa dele até ele voltar, umas dez horas da noite, não tinha problema. Dei um salto da cama na mesma hora. A última coisa que queria era ficar sozinha no apartamento, já que não era só dele, mas também de Bill, que eu ouvi chegar de madrugada. Diante disso tudo, arrumei-me o mais rápido que pude.

— Você me ensina qual metrô eu devo pegar? — pedi, calçando meus sapatos.

— Estou indo para a estação agora, quer tomar alguma coisa antes?

— Não, vamos. Preciso dormir um pouco mais antes de me alimentar.

Fomos caminhando juntos pela rua. Carregava minha caixa em uma mão, dava a outra para ele e tentava fechar mais meu casaco, já que o vento frio batia com vontade. Devia estar uns 13 graus. Antes de descermos a escadaria do metrô, ele me beijou:

— Então, agora que somos namorados, já pode repensar em vir para cá!

Ele era irredutível, mas, ainda assim, encantador:

— Ok, daqui a uns anos...

Respondi sorrindo, sabendo que o futuro continuava incerto. Ele saltou duas estações antes da minha, mas eu permaneci no metrô. Tinha decorado o trajeto e não foi difícil chegar ao prédio dos meus tios. Assim que virei a rua, vi meu tio entrando em um táxi:

— Oi!!! Você não para em casa, hein! Madrugou? As meninas acordam daqui a pouco... Curtam o dia!

Foi só isso que ele teve tempo de falar rapidamente. Meu tio vivia apressado, pois tinha um trabalho que lhe sugava a atenção dia e noite. Eu via como os momentos com a família eram cada vez mais raros por causa disso. Esse era o preço que se pagava por ter um cargo alto. Para falar a verdade, nem ele nem minha tia pareciam infelizes. Todos se adequavam ao tempo dele e assim iam levando. Ela parecia sempre muito feliz com seu ritmo de vida.

Peguei a chave com o recepcionista e entrei no apartamento. As meninas, que já tinham acordado, vieram me dar um abraço.

— Charlotte, Charlotte! — Carol chamou, animada.

— Charlotte, o que vamos fazer hoje? — Duda perguntou.

— Sua prima vai descansar um pouco, meninas... — Eu devia estar com um cara de muito cansada para que minha tia dissesse aquilo. — Se, à noite, Charlotte não tiver nenhuma programação, nós podemos jantar juntas e assistir animações.

— Charlotte, diz que sim! — Carol pediu.

— Não vou fazer nada, tia — respondi. — Nosso jantar está mais do que combinado.

Passei a quinta-feira na cama vendo TV. Entendo que você esteja pensando "só a Charlotte para descansar em dólar" ou "essa garota deveria estar na rua batendo perna...", entre outras coisas. Eu sei disso. Mas ainda teria sexta, sábado, domingo, segunda, terça e quarta para curtir a cidade. Dois desses dias, de acordo com a agenda de Ethan, eu o teria em minha companhia com certeza. Estava bem cansada, então acabei adormecendo e acordei muitas horas depois morta de fome.

Não tinha ninguém em casa, abri a geladeira e me deparei com gelatinas. Minha gula me fez comer duas, mas também esquentei torradas, passei geleia e voltei para o quarto. No meu celular, tinha uma mensagem da minha tia perguntando se eu queria encontrar com ela na escola das meninas, pois haveria uma disputa de natação. Por mais que estivesse com preguiça, respondi que sim, então tomei uma chuveirada, lavei a louça que tinha sujado e me arrumei para encontrar todas na escola. Meu celular tremeu com o nome de Ethan no visor:

Saudades...

Era só isso que bastava para que eu me desmontasse.

Também. Vou ver minhas primas nadarem.

Meu Crush de Nova York

> Queria poder ir também.

> É um fofo mesmo

> Sábado à tarde tenho ensaio com a Luiza, quer ver a gente? Ia ter o dia livre pela tarde, mas preciso ensaiar...

Respondi com um emoji:

Ali, naqueles poucos dias, parece que eu levava outra vida, que era outra Charlotte que tinha nascido. Não queria ir embora, mas tinha noção de que não dava para morar de favor na casa de meus tios pelo resto da vida. Uma coisa é se hospedar uns dias, a outra é ficar para sempre. Por mais que conseguisse um visto de estudos e gastasse o restante das minhas economias, já que entendo que qualquer diploma na "gringa" valha muito quando a gente retorna para o Brasil, eu precisava ser mais razão e menos coração.

Chegando na escola que dava para ir a pé de onde eles moravam, achei com facilidade o local da piscina. Minha tia já tinha avisado na portaria que eu iria, então sentei-me ao lado dela na arquibancada e vi muitas mães de diferentes nacionalidades gritarem quando os filhos competiam e se aproximavam da largada. Diferente de mim que nado muito mal, minhas primas são ótimas na piscina e parecem dois peixes... As duas ganharam medalhas: uma em 1º e a outra em 2º. Saímos de lá felizes e famintas. Como elas amam salada, fomos a um restaurante cuja especialidade era essa. Quis tirar foto no meio das duas mostrando as medalhas e mandei na mesma hora para minha mãe e para o Ethan com a mesma legenda: "minhas campeãs".

Minha mãe demorou mais para ver, Ethan respondeu na mesma hora:

> Família linda!

Em seguida foi a vez da minha mãe:

> Ah, que saudades de todas! <3

Eu queria estar com todos eles reunidos, mas o que me irritou mais naquela hora foi um e-mail de meu pai, que apareceu na minha caixa de entrada com o assunto: "Filha, Feliz Aniversário atrasado...." Sério mesmo? Não senti a menor falta dele, nem naquele dia, nem agora. Ia responder quando desse.

Comemos, rimos, tiramos mais fotos e voltamos para casa com o dia já escurecendo. O bacana de hoje é que meu tio conseguiu sair mais cedo do trabalho, então assistiu animação com a gente. A escolhida pela família foi "Divertidamente".

Amanhã seria minha última sexta na cidade e eu pretendia visitar o Empire State. Precisava ver a vista linda dos filmes, e era isso que tinha programado para meu dia sem Ethan.

Capítulo 18:

APAIXONADOS EM NOVA YORK

Era dia de visitar o Empire State. Respondi as mensagens de Ethan, e percebi que ele estava animado porque nos veríamos amanhã. Eu estava empolgada em ficar com ele o maior tempo possível, mas o foco agora era minha visita. Contei a ele como era um de meus sonhos conhecer aquele lugar. Sabia que teríamos que chegar supercedo, que as filas eram imensas, então eu e minha tia saímos para deixar as meninas na escola e fomos direto para lá.

Era preciso pegar metrô e ele não demorou muito para passar. Saindo da estação, andamos bem pouco e já dava para ver a fila bem grandinha se formando. Esperamos quase uma hora para conseguirmos subir. Pagamos cerca de R$ 120 reais por entrada – o que, pensando assim, é bem caro, né? –, mas teria pago o que fosse porque a vista é a coisa mais linda.

O Empire State Building talvez seja o prédio mais famoso de Nova York por causa dos filmes. Ele tem ao todo cento e dois andares. Lembram do filme King Kong? É lá que o Gorilão sobe! Fiquei ouvindo alguns guias explicando que ele é Art Deco, que por muitos anos foi o edifício mais alto da cidade e que a grade que o cercava era por causa dos vários suicídios – ou tentativas – em andares altos do prédio. Bizarro, né? Ele tinha um ar misterioso mesmo. Estar próximo e dentro dele eram experiências bem fortes, era reviver vários filmes em que ele aparecia. Para mim, como boa cinéfila, era ainda mais fantástico.

Demos sorte de não estar nada nublado. O sol abria cada vez mais forte e, desde que cheguei, era o dia mais quente. Fazia uns 17 graus, o que deixou as cores lá de cima ainda mais bonitas. E gente, era MUITO alto! Era coisa de estarmos no 80° andar! Nunca tinha ido em nada tão alto assim. Minha tia brincou que agora eu não precisava mais ter medo de avião, mas só de pensar que entraria em um na próxima quinta-feira fez com que eu começasse a sentir uma leve dor na barriga.

Tirei muitas *selfies* com os prédios atrás, com minha tia, me diverti muito. A hora lá em cima passou voando: contando com a fila, ficamos umas três horas por ali. Como estava mais quente, saímos e tomamos um sorvete.

Entramos em lojas de maquiagens que eu ainda não tinha entrado, e nessas de *souvenirs*. Comprei canecas escrito "I Love NY" e camisetas com o Empire State, além de chaveiros para presentear alguns amigos. Foi então que lembrei que ainda não tinha colocado o chaveiro que fora presente de Ethan em minhas chaves, talvez porque não as estivesse usando ali nem lembrara. Mas tive uma ideia melhor: ia pendurar no fecho da minha bolsa, assim lembraria dele toda vez que abrisse o zíper.

Mais um dia tinha se passado e amanhã eu teria Ethan. Claro que avisei minha tia que passaria o final de semana com ele. Pedi desculpas, mas ela não as aceitou:

— Você tem a vida toda para curtir a gente e voltar quantas vezes quiser... — Foi isso que ela me respondeu.

O sábado tinha finalmente chegado. Passei a manhã na cama arrumando algumas coisas na mala, tomei café com minhas primas e brinquei um pouco com elas. Ethan me avisara que sairia do trabalho às duas horas da tarde, ia passar em casa, trocar de roupa e me pegaria às 15h. O ensaio estava marcado para as 16h.

Na hora exata, desci e me assustei ao vê-lo em uma bicicleta:

— A gente vai de metrô? — perguntei, já pensando se ele lembrava que eu disse que não sabia andar de bicicleta direito... mas, para minha surpresa e desespero, ele respondeu:

— Sobe! Você vem aqui de carona!

Ele tinha noção do meu peso? Acho que tinha, né... Já tinha me visto sem roupa... Como assim queria que eu subisse com todo meu peso extra no ferro daquela bicicleta?

— Não, você tá louco? Estou muito fora de forma para me sentar

Meu Crush de Nova York

111

nesse ferro, ainda mais de lado. De jeito nenhum, vou chamar um Uber...

Ele encostou a bicicleta, segurou minhas mãos para que eu parasse de mexer no celular e pediu:

— Para, por favor! Para de dizer que não consegue, que é gorda, que isso te impede de fazer algo. Confie em mim, não vou deixar você cair...

Impressionante como meia dúzia de palavras do galanteador e eu estava lá toda torta com a bunda doendo horrores naquele ferro. Com ele me sentia tão feliz que mesmo as curvas insanas que fazia eu achava graça. Ele beijava meu pescoço quando a gente parava para esperar o sinal, e eu me arrepiava tanto que poderia agarrá-lo ali mesmo no meio da rua. O vento mais geladinho que vinha com o sol indo embora ajudou para que nem eu nem ele chegássemos suados ao Lincoln Center.

Ele trancou a bicicleta e me deu as mãos:

— Vamos, vou te mostrar onde você pode ficar enquanto ensaio.

Falou já me levando para uma entrada de outro teatro bem menor que o Met. Acho que era onde aconteciam as provas práticas deles. Luiza já estava no palco com mais duas moças e outro rapaz. Devia ser um trabalho de grupo, só que, como faziam Música, a forma de mostrarem ao professor era assim. Igor chegou alguns minutos depois, tirando o casaco e sentando-se ao meu lado na poltrona; na plateia tinha somente eu e ele.

Todos se arrumaram. Luiza ao piano de cauda, Ethan no violino; as duas moças também se posicionaram: uma em uma harpa, achava esse instrumento tão lindo; a outra com uma flauta. O outro rapaz segurava um trompete.

Não reconhecia todas as músicas, mas aquela magia me envolvia. Igor, mais por dentro que eu, ia me dizendo de quem era cada música: "Essa é a Flauta Mágica de Mozart". Eu viajava com a beleza daqueles instrumentos. Algumas eu reconhecia de filmes, já tinham feito parte de alguma trilha sonora. Ethan no palco com seu instrumento favorito parecia outra pessoa, era possível se apaixonar ainda mais por ele? Aquele ensaio provou que era e que eu poderia ficar horas ouvindo-o tocar. Luiza também tocava tão lindamente. Não por acaso, Igor babava ao meu lado por sua esposa dando o melhor de si naquele momento.

Ouvi cerca de oito músicas, todas explicadas por Igor: "Cello Suite Nº 1 de Sebastian Bach", "Allegretto de Beethoven", "As quatro estações de Vivaldi"...

Eu não saberia escolher qual a mais linda. Eles tocavam uma atrás da outra, somente dando tempo de virarem as partituras. Eu, leiga que sou, daria nota dez a todos eles. Quando achei que tinha terminado, Ethan veio até a borda do palco. A minha poltrona era bem central, na 4ª fileira. Ele disse:

— Vamos acabar aqui com umas músicas mais populares, essas

euaposto que vai amar e saber todas as letras.

Como assim eu ia amar? Eu já tinha amado todas, ele não tinha entendido. Ethan era desses homens que se divertia, não importado o gênero musical que ouvisse. Ele ia de Enrique Iglesias a Barry White, e também tocava e sabia tudo sobre Mozart e Beethoven. Me ensinem como não amar esse homem?

A moça que estava na harpa a largou para parar ao lado do piano e montar o pedestal do microfone à sua altura. O rapaz do trompete fez o mesmo. Curiosa, perguntei ao Igor o que ia tocar, ele deu de ombros como quem diz que também não fazia a menor ideia.

Foi do violino de Ethan que vieram os primeiros acordes, eu reconheceria aquela música de qualquer lugar, em qualquer minuto... Era Stand by Me. Cantei baixinho até que a moça do microfone cantou e eu me juntei – obviamente que em tom mais baixo que o dela – à música que amava e que ficara ainda mais linda em formato clássico.

When the night has come
Quando a noite chegar
And the land is dark
E a terra escurecer
And the moon
E a lua
Is the only light we'll see
For a única luz que nós pudermos ver
No, I won't be afraid
Não, eu não terei medo
Oh, I won't be afraid
Oh, eu não terei medo
Just as long as you stand
Desde que você fique
Stand by me
Fique comigo
So, darlin', darlin', stand by me
Então, querida, querida, fique comigo
Oh, stand by me
Oh, fique comigo
Oh, stand, stand by me
Oh, fique, fique comigo
Stand by me
Fique comigo

Meu Crush de Nova York

Uma curiosidade sobre essa música é que, apesar de ter feito muito sucesso na voz do ex-Beatle John Lennon, e muitos acharem que foi composta por ele, Lennon nunca a compôs e, sim, a cantou. Seus compositores são os menos conhecidos: Ben E. King, Jerry Leiber e Mike Stoiller.

Esse era o tipo de música que ninguém ficava parado. Todo mundo sabia a letra e em qualquer ritmo era bela. No violino de Ethan ainda me deixava mais viciada nela. Seguindo as músicas mais populares, eles também tocaram "A love so beautiful" que eu conhecia na voz de Michael Bolton, mas que não tinha certeza se ele a tinha composto.

O ensaio deles acabou logo depois. Luiza veio até Igor perguntando o que ele tinha achado e ele a elogiou. Era tão bonito ver o quanto se amavam... Ethan desceu logo em seguida.

— O que achou? Conseguiu se divertir?

— Ethan, esse foi o ensaio mais perfeito que já presenciei.

Os demais músicos deram um tchau de longe, pareciam apressados. Ethan nos apresentou de longe:

— Essa é minha namorada Charlotte, pessoal! Charlotte, esses são Micah, Keira e Diona!

Cumprimentei-os também com um aceno, eles saíram pelo palco mesmo.

— Vão para onde?

Luiza perguntou. Eu não sabia, então olhei para Ethan.

— Acho que vamos para minha casa ver seriado e comer pizza, e vocês?

Ethan respondeu, já informando aonde iríamos em seguida. Luiza fez outra pergunta:

— Bom, vamos para casa descansar um pouco e devemos pegar um cinema à noite. Até quando você fica, Charlotte?

Aquela pergunta, ainda que não quisesse responder porque me lembraria que tinha poucos dias com ele, martelava na minha cabeça. Era o último sábado, seriam todos os dias da semana os últimos, e eu nem tinha certeza da escala dele.

— Até quinta. Meu voo sai às oito horas da noite de quarta-feira.

— Uma pena. Devia voltar mais vezes! Íamos amar nos conhecer melhor, não é, Igor?

Ele fez que sim. Eu sabia que não tinha grana nem para voltar no próximo ano, estava desempregada! Tinha que lembrar disso. Nova York era incrivelmente linda e cara, e meu suado dinheiro guardado tinha sido ganho em reais, o que fazia com que parecesse ser menor do que já era.

Despedimo-nos do casal, pegamos o metrô e mandei mensagem para minha tia avisando que chegaria tarde, para não se preocupar. Mandei uma foto minha com o Lincoln Center ao fundo para minha mãe,e ela respondeu com:

> Acho que foi o lugar que
> mais amou da cidade, né?

Mal sabia ela o motivo... Chegamos na casa de Ethan, e Bill estava só de cueca.

— Foi mal! — gritou, enquanto corria para o quarto.

— Você vai ligando o Netflix? — Ethan pediu e foi entrando.

Tirei os sapatos, fui até o banheiro lavar as mãos e fiquei andando de meias pela casa. Ele guardou o violino, colocou o celular para carregar e perguntou a Bill quando ele viajaria:

— Terça-feira! — gritou do quarto dele.

— Todo ano a família dele vai esquiar pelo menos uma semana nos Alpes Suíços. O Bill falta aula e escolhe uma garota nova como acompanhante.

— Sério? Todo ano uma nova?

— É... — Ele assente. — Bill não é muito de se prender a ninguém.

Deitamo-nos na cama e vimos mais três episódios. Quando íamos para o quarto, Ethan deu *pause* com o controle remoto:

— Estou com muita fome... — disse, levantando e passando a chave na porta em duas voltas. Entendi que a fome dele era outra. — Você estava linda na plateia hoje curtindo o ensaio...

— Ah, para... Você estava concentrado nas músicas, até parece que viu minha cara em algum momento...

— Eu vi em todos. Eu fecho os olhos para o violino me levar, mas quando os abro, é o seu rosto que vejo, sua animação, seu encantamento... Cada parte de você me conquista cada dia mais um pouco...

Beijei-o intensamente e sem querer parar. Era aquele momento onde após uma linda declaração a gente se excita e só consegue parar quando se tem o que quer, e eu o queria. Tirei sua blusa, beijei suas tatuagens, mordi sua orelha... Ele apertava minha cintura e pedia mais... e eu dei. A cada beijo a gente se unia mais, até que estávamos o mais junto que um casal poderia estar, até que nos encaixamos de um jeito que só ele conseguia ser tão "do meu tamanho". Após tudo isso, paramos abraçados, suados e exaustos, dizendo que nos amávamos.

Sempre acreditei que as coisas mais simples do mundo são as mais especiais. Eu não precisava de restaurantes caros, de carros milionários me buscando nos lugares ou de um homem que me enchesse de joias. Eu era feliz assim, com Netflix, sexo, beijos e pizza. Se trouxesse sorvete ou Kit

Meu Crush de Nova York

Kat então, me casava com a pessoa. Só me faltava depois do trauma voltar a acreditar no amor, e Ethan tinha me devolvido isso.

Era insano e delicioso ao mesmo tempo estar ao lado dele. Nosso dia seguinte foi muito parecido. Ele me avisou que estava de folga, mas que de segunda a quarta provavelmente não me veria se eu não dormisse na casa dele. Eu não me sentia tão à vontade de ficar assim o dia inteiro em sua casa, então já tinha combinado que meu último dia, a quinta, seria para passarmos juntos até a hora de eu ir para o aeroporto. Como era voo internacional, eu chegaria por volta das seis horas da noite.

A diferença do domingo foi a conversa mais séria que tivemos. Não teve ensaio, somente a ida à casa dele, mais seriados, comida, sexo e a tal conversa que mexeu mais uma vez comigo.

— A minha relação com meu pai... ela nunca foi boa. Quando traiu minha mãe as coisas só pioraram, eu não suporto traição, e apesar de ele ter dito que o que fez não teve absolutamente nada a ver comigo, é ingenuidade achar que não. Sou filha deles, sou parte do amor e confiança que um tem pelo outro e ele estragou tudo isso. Lembro da dor da minha mãe ao descobrir tudo e a sinto como se fosse minha também.

— Charlotte, sério. Eu não entendo como depois de tantos anos você ainda não perdoou seu pai.

— Como não entende?

— Olha, na minha visão, quem não deveria perdoá-lo é a sua mãe. Quer dizer, se ela quiser, sabe? Ela foi magoada por ele. Você precisa seguir em frente.

Ethan era homem, acho que nunca entenderia o que sinto.

— Ok, eu vou tentar te fazer entender. Olha esse e-mail que ele me mandou.

Minha doce Charlotte,

Entendo que errei com vocês, mas o que mais quero no momento é que meus erros sejam perdoados. Preciso que lembre mais dos bons momentos que tivemos juntos — e sei que foram muitos — do que os que fiz vocês sofrerem.

Quero poder te abraçar nas datas especiais, fazer parte da sua vida de novo.

Nunca, nem por um segundo, nem na pior burrice que fiz na vida, deixei de te amar.

Não existe no dicionário a palavra ex-filha, porque você nunca vai deixar de ser o maior e mais belo presente que Deus me deu.

Estou aqui para o que precisar. Divirta-se na viagem! Se quiser mostrar todas as fotos, me fazendo uma visita, minha casa está de portas abertas, assim como o coração desse velho bobo sempre esteve.

Te amo, filha.

Seu pai.

Eu chorei lendo aquilo. Sentia falta de meu pai, mas ele passou meses sem ligar para nós, inclusive para mim quando estava com a ninfeta. Não tinha sentido nenhuma saudade? Ele tinha pedido por aquilo, só voltara a me procurar quando a tal menina o abandonou...

No e-mail, ele dizia que não me procurara antes quando estava com ela porque sabia que eu não o aceitaria, mas que agora, sozinho, não entendia minha raiva. Minha mãe nunca tinha pedido para eu não falar mais com meu pai, essa decisão foi exclusivamente minha.

Ao acabar, percebi o quanto sentia falta dele, e que não dava mesmo para odiá-lo para sempre. Ler aquele e-mail para Ethan mudou alguma coisa dentro de mim. Ethan me fazia ver coisas que estavam bem à minha frente, mas que eu lutava para não compreender em um esforço inútil.

Respondi no e-mail apenas que quando chegasse no Brasil ia marcar um almoço com ele para conversamos sobre a gente. Eu pretendia, sim, passar uma borracha naquilo tudo, mas antes precisava explicar à minha mãe como me sentia para então tomar alguma decisão sobre voltar a me relacionar com ele.

Agradeci ao Ethan por tudo que ele tinha feito por mim em tão poucos dias... Ele desligou a TV, vestiu uma bermuda e, segurando minhas mãos, disse:

— Precisamos pensar no que faremos daqui para frente.

Era algo que não podíamos fugir, estava cada dia mais perto do dia que eu iria embora:

— Ethan, eu não quero ser dura. Se eu morasse aqui ou você lá, não tinha o que pensar, mas eu nem sequer tenho um emprego no momento. Como saber quando poderei voltar para cá? Você também ainda falta um ano para se formar, para ter um emprego que ganhe mais. Não sabe ainda se morará aqui ou voltará para sua cidade, é tudo cruelmente incerto em se tratando da gente.

Vi os olhos dele encherem de lágrimas, no que os meus também transbordaram, e as mesmas escorriam pelas minhas bochechas...

— Me abraça forte, eu vou sempre lembrar de você....

Meu Crush de Nova York

117

Ele disse, agarrando-me de uma forma que nem que tentasse conseguiria sair daquele abraço. Para ser muito sincera, eu não queria. Gostaria de ficar, de tê-lo por mais tempo... Por que é que tem que ser assim, se o nosso desejo não vai ter um fim quando eu entrar naquele avião?

CAPÍTULO 19:

SINTONIA DE AMOR

Eu poderia contar a vocês cada dia passado, de segunda a quarta, mas sei que o que lhes interessa é saber como consegui pegar aquele avião sem Ethan. Passei todos os esses dias tentando me animar e trocando mensagens de WhatsApp com ele, mas não vou mentir: por mais que minha família incrível se esforçasse em me entreter, eu sempre voltava o pensamento em algum momento para quantos dias faltavam para nos vermos uma última vez.

Em um desses dias, enquanto tirava fotos no Central Park com minha tia – sim, voltamos porque o parque era tão grande que seria difícil conhecer um dia só – vimos Igor sentado com um laptop no colo tomando um café. Ele que nos chamou quando nos avistou. Mostrou-me no laptop que tinha me adicionado no Facebook e que tínhamos três amigos em comum. Descobri mais tarde que estudamos na mesma faculdade, mas em anos diferente, ele era uns seis anos mais velho que eu. O amigo que eu achava chatinho no início virou um dos caras mais divertidos que conheço com esse jeitão boa-praça dele, além de eu ter amado conhecer a esposa. Igor me explicou que só iria embora dentro de quinze dias, mas que voltaria dois meses depois. Era o acordo com seu chefe enquanto não decidiam em que país morar.

Fora isso, nenhum outro dia teve algo de especial que mereça ser contado. Exceto, claro, o dia da despedida. Ethan apareceu às oito horas da manhã na portaria de meus tios. Por ser dia de semana, minhas primas já tinham ido para a aula. Ethan também tinha trabalho e aula, mas inventara uma desculpa para ambos. Passeamos por um parque próximo dali, nos beijamos, nos abraçamos e pensamos em várias maneiras de nos vermos o quanto antes. Nenhuma parecia muito real, a não ser que, de fato, conseguisse um emprego no meu retorno ao Brasil, mas só o que via no Linkedin eram várias pessoas colocando em seus perfis "Em busca de Recolocação", o que me deixava ainda mais desanimada.

Ethan disse que em julho seriam as férias, mas que com o que ganhava no Starbucks não conseguiria comprar a passagem para me visitar, que já tinha pesquisado e não era nada barata. Almoçamos novamente no Subway, tomamos sorvete, sujei a boca dele inteira para depois lambê-la e ficamos rindo. Não podia acreditar que aquela magia toda iria acabar em poucas horas.

Acho que seria inédito: eu não pensava no avião, nem me lembrava do pavor que tenho dele. Ficar sem Ethan para mim era muito mais assustador do que qualquer turbulência. Mas nossas vidas eram diferentes, distantes e sem possibilidade de um morar no país do outro. Queria que um fio de esperança viesse, mas ele não veio e a hora passou muito rapidamente.

Subi para pegar minhas malas e Ethan aguardou no hall. No mesmo instante, chegaram minhas primas da escola com minha tia. Abracei-as forte, agradeci por tudo que fizeram por mim e chorei demais. Odiava despedidas e estava ainda mais emotiva por causa dele.

Apresentei Ethan para minha família, disse à minha tia que ele me acompanharia ao aeroporto, que ela não precisava me levar até lá e a abracei mais uma vez. Ela deu uma insistida, mas depois ao me abraçar disse que se fosse eu, dava um jeito de levar o gato na bagagem. Pelo visto foi aprovado por ela.

Agradeci muito toda a hospitalidade, dei um abraço apertado nas meninas que pediram para eu ficar mais uma semana. Ah, se elas soubessem o quão difícil estava sendo voltar para o Brasil depois dessa viagem, saberiam como eu também desejava mais uma semana aqui em Nova York.

No Uber, eu não soltava a mão dele. Caía uma chuva fina, que foi aumentando assim como minhas lágrimas. A dor na minha barriga também crescia e eu me sentia quebrada por dentro. Como alguém podia mexer tanto comigo? Ethan me encontrou remendada de traumas e me devolvia àquele voo mudada, mas destruída porque o amava... Eu tinha muito a agradecer, mas não conseguia entender por que a vida coloca pessoas tão especiais para conhecermos e depois as faz sumir por diferentes razões. Não era justo com ele, não era justo comigo.

No imenso aeroporto, despachei as malas, passei meu passaporte no leitor para imprimir o cartão de embarque e já virei abraçando Ethan. Eu não conseguia parar de chorar, sentia as pessoas me olhando, mas não ligava para nada. Eu queria ele, mais dele, acordar com ele, fazer planos com ele... precisava dele.

Eu tinha que embarcar. Abri minha bolsa para encaixar o passaporte com o cartão de embarque para deixar as mãos livres e beijá-lo mais... Não lembro quanto tempo exatamente fiquei com a minha boca na dele, mas só soltei quando não tínhamos mais fôlego, quando meus lábios já sentiam o salgado das minhas lágrimas e das dele.

Passei pelo portão olhando para trás e prometemos que tentaríamos nos falar todos os dias. Quando tirei o sapato para passar pelo detector, o ouvi gritar:

— Te amo, Charlotte! Não se esqueça disso!

Parecia Rachel e Ross no final de Friends, com a diferença de que cenas assim sempre terminam bem, a minha, não. Eu realmente entrei no voo e voltei para o Brasil. Ele ficou em Nova York, e eu nunca mais fui a mesma pessoa.

Capítulo 20:

UM DIA ESPECIAL

Em minha volta ao Brasil, os dias passaram um a um muito mais lentos do que o normal, na verdade pareciam infinitos. Minha mãe estava mais alegre e tinha conhecido um carinha que a deixava muito mais animada. Incentivei-a muito a se arriscar nesse novo relacionamento. Voltei a falar com meu pai, minha mãe nunca o perdoou de verdade, mas passei a vê-lo de quinze em quinze dias. Sempre marcávamos um cinema ou um jantar, onde eu colocava o papo em dia. Até a publicação dessa história, ele se mantinha solteiro.

Minha tia sempre me convidava para voltar e eu falava com minhas primas pelo Facetime. Juli acabou me perdoando por não ter tido tempo de contar tudo que rolou para ela, continuamos nos amando e sendo melhores amigas. Dois meses após minha chegada, ela conheceu Pierre, um francês que veio estudar na PUC e que era um fofo com ela. Já tinham até combinado viagem no final do ano para ela ser apresentada para família dele. Já a queria casada para eu poder finalmente visitar Paris! Brincadeira... A felicidade dela vem em primeiro lugar, mas visitar Paris não faz mal a ninguém.

Tinha adicionado Igor e Luiza no Facebook. Eles postavam muitas fotos nos ensaios, das saídas. Em algumas, Ethan aparecia, mas ele mesmo mal atualizava a página dele. De vez em quando, eles me chamavam no Messenger para perguntar como eu estava e no fundo estava bem, ainda que pensasse em Ethan boa parte do tempo que não estivesse trabalhando.

Sim, eu tinha voltado para o mercado de trabalho. Ganhando muito menos, com viagens a todo momento dentro do Brasil mesmo e meu medo de avião estava mais controlado.

Quanto a mim e ao Ethan, continuávamos nos falando. Não todos os dias, mas pelo menos toda semana. O tempo voou tanto que hoje fazem exatos um ano e três meses de minha viagem.

Eu sabia que não tinha como ficarmos juntos por causa da distância. Nesse tempo todo, eu não quis ficar com ninguém, mas não sei se Ethan teve alguém. Quando nos falávamos, sentia que as declarações de amor eram cada vez mais raras. Tentava focar no trabalho, em minhas amizades, mas claro que sentia a falta dele em muitos momentos e me perguntava até quando ia pensar no impossível e me apaixonar por alguém mais próximo de mim?

Já estamos em julho e aqui estou eu, no casamento de uma amiga da faculdade onde mal conheço a maioria das pessoas, e deve ter pelo menos uns trezentos convidados.

O problema dos casamentos é que se você tem um grupo bacana para lhe acompanhar, ou até mesmo um namorado, você se diverte, mas eu estava sozinha. Tinha alugado um vestido amarelo porque a noiva tinha pedido que nenhum convidado usasse cor escura, exceto os homens de terno...

E lá estava eu, depois de ter assistido a cerimônia na igreja, que não acabava nunca, sentada sozinha em uma mesa para seis pessoas, onde todos tinham se levantado para dançar. A banda era fantástica, mas tinham dado um *break* e agora tocava músicas mais dançantes, nesse momento eu e meu Martini somos a melhor companhia um do outro.

Ouço alguém falando meu nome e, quando olho, são Igor e Luiza:

— Olá!!! Sabíamos que iríamos encontrá-la.

Como sempre felizes, eles me lembraram que Igor e a irmã mais velha da noiva estudaram juntos. Ele já tinha me falado isso alguma vez, mas eu não recordava. Os dois me chamaram para dançar e eu agradeci, mas preferi não ir. Queria perguntar sobre Ethan, mas achei melhor não. A última vez que trocamos mensagens foi há três dias e ele só tinha perguntado coisas como o tempo no Rio, e lugares interessantes para eu ir na cidade. Se ele soubesse o quanto eu não queria passear...

Entre um gole e outro de meu Martini, vejo o celular acender, e é uma mensagem do próprio:

> Oi, onde você está?

Achei estranha a mensagem, mas respondi:

> No Brasil, no Rio de Janeiro... Mais precisamente em um casamento. Acabei de ver Igor e Luiza, também são amigos dos noivos.

Meu Crush de Nova York

123

Ele demora para responder. Manda como resposta:

> E você está dançando?

> Claro que não... Vim aqui marcar presença e estou contando os segundos para ir para casa.

Digito rapidamente.

> Ah, por favor, você está linda, não deveria ficar sentada a noite inteira. Por que não vai até o meio da pista e dança um pouco?

Não entendo por que ele me diz isso. Mesmo assim, ele mexe tanto comigo que sua mensagem me faz levantar. Ando até o meio da pista olhando para a tela do celular e esbarrando em pessoas que estão animadas, ao contrário de mim, que sonho com um gringo que nunca mais verei e agora sigo recomendações estranhas dele.

> Pronto, estou no meio da pista. O que mais devo fazer? Aliás, onde você está?

A tela mostra que ele está digitando, para, digita de novo e cada segundo parece uma eternidade, até que a resposta finalmente vem.

> Você não está dançando. Achei que gostasse de Shakira. As pessoas ao seu redor estão adorando e você parece que veio a um enterro. Isso não combina nada com esse vestido amarelo que te deixou ainda mais linda essa noite.

Espantei-me, porque nunca uso amarelo. Como ele poderia saber que tinha escolhido aquela cor para a ocasião? Deve ser coisa do Igor que mandou uma foto para ele, só pode ser isso.

> Eu disse que meu vestido era amarelo? Já sei... Igor ou Luiza tiraram uma foto minha e mandaram para você, acertei?

Rodopio na pista procurando pelos dois, mas não os vejo. Ele digita mais.

> Quando você roda, o vestido gira junto com você e ele pede uma dança. Seria um desperdício rodar assim somente uma vez, Shakira ficaria chateada de você não dançar a música dela. Não está ouvindo ela dizer que os quadris não mentem?

Espantei-me:

> Ok, acabou a graça, eu não sei porque estão filmando o que estou fazendo, mas não é uma boa hora, Ethan!

No que veio outra mensagem:

> Não estão filmando, eu sei que você está nervosa porque está roendo as unhas nesse momento.

Olhei para os lados, não entendia nada do que estava acontecendo...

> Mas a música sempre faz milagres e mesmo a mulher mais triste da festa vai ter que levantar para dançar essa, porque ela vai lembrar de como foi amada em Nova York, de como ainda alguém a ama em Nova York e vai ter que parar de ficar triste, porque algo vai acontecer essa noite.

Assim que a mensagem chega eu a leio uma, duas vezes, e não acredito, como ele pode brincar assim comigo? A música para, estou de costas para o palco, a banda se posiciona e começa a tocar a tocar *I Say a Little Prayer For You*.

Mandei na mesma hora para ele:

> Você nem imagina a música que começou a tocar agora.

E então meu corpo inteiro arrepia quando sinto alguém colocar as mãos em volta da minha cintura e sussurrar no meu ouvido:

— Seria um pecado desperdiçar esse penteado, essa maquiagem e esse vestido que te deixaram ainda mais linda.

Eu me viro, e por mais que achasse absurdo que ele pudesse estar ali, o beijo, não deixo que fale mais nada, a música toca e meu corpo e o dele dançam em um ritmo só, como se ali só tivesse a gente na pista. Mas sim, era ele... A música toca ainda mais alto:

Forever and ever, you'll stay in my heart
Para sempre, você estará no meu coração
And I will love you
E eu te amarei
Forever and ever, we never will part
Para sempre, nós nunca nos separaremos
Oh, how I love you
Oh, como eu te amo
Together, forever, that's how it must be
Juntos, para sempre, é assim que deve ser
To live without you
Viver sem você
Would only mean heartbreak for me
Seria como ter o coração partido para mim
I run for the bus, dear
Vou guiar o ônibus, querida
While riding I think of us, dear
Enquanto o guio, pensarei em nós, querida
I say a little prayer for you
Farei uma prece a você
At work I just take time
No trabalho eu tiro um tempo
And all through my coffee break time
Entre minhas pausas para o café
I say a little prayer for you
E faço uma prece a você

É Ethan, de terno. Eu não estava acreditando. Ao mesmo tempo que eu queria enchê-lo de perguntas, queria aproveitar o momento.

Após nos beijarmos, e enquanto ainda dançamos, ele olha diretamente para meus olhos:

— Sim, ele veio, e ela é a mais bela da festa. Ele não sabe falar uma palavra de português e nem sei o que faz por aqui ou quanto tempo irá ficar. Ele também não sabe, mas o importante agora é que a música os chama e isso eles têm em comum. E quando seus corpos se unem... quem tem direi-

126   **RAFFA FUSTAGNO**

to de separá-los? Essa relação vai ter sexo, violinos, viagens, muitas milhagens, mas o que não vai faltar é música, dança e amor... Te amo, Charlotte!

Danço como nem eu sabia que poderia. Entrego-me à música, a Ethan e não faço muitas perguntas. Aqui nesse momento, a vinda dele, sabe-se lá como e porquê, já me prova que não é um amor qualquer, é algo a se lutar, e nossa luta para ficar juntos está apenas começando.

FIM

FILMES

No Pique de Nova York (Capítulo 1)
Título Original: New York Minute
Ano: 2014
País: EUA
Direção: Dennie Gordon
Elenco: Mary-Kate Olsen, Ashley Olsen, Eugene Levy
Gênero: Comédia
Sinopse: Jane (Ashley Olsen) e Roxy (Mary-Kate Olsen) são duas irmãs gêmeas que não se dão bem e que precisam viajar juntas de Long Island a Nova York. Elas também têm personalidades e interesses diferentes na cidade: enquanto Jane é mais certinha, Roxy é rebelde e quer conhecer os músicos de uma banda para que eles possam ouvir sua fita demo. Porém o que era para ser uma simples viagem acaba se complicando quando elas passam a ser acusadas de terem sequestrado o cachorro de um importante político.

Contos de Nova York (Capítulo 1)
Título Original: New York Stories
Ano: 1989
País: EUA
Direção: Martin Scorsese, Francis Ford Coppola e Woody Allen
Elenco: Nick Nolte, Rosanna Arquette, Patrick O'Neal
Gênero: Comédia Romântica
Sinopse: Na primeira história, "Lições de Vida" (Life Lessons), dirigida por Martin Scorsese, Lionel Dobie (Nick Nolte), um famoso artista plástico, fica arrasado quando Paulette (Rosanna Arquette), sua namorada

e assistente, planeja abandoná-lo. Na segunda, "A Vida Sem Zoe" (Life Without Zoe), dirigida por Francis Ford Coppola, Zoe (Heather McComb), uma menina, vive esquecida em um hotel de luxo enquanto seus famosos pais viajam o mundo. Na terceira, "Édipo Arrasado" (Oedipus Wrecks), dirigida por Woody Allen, Sheldon Mills (Woody Allen) é um advogado que não consegue se libertar da mãe dominadora.

Dois dias em Nova York (Capítulo 2)
Título Original: 2 Days in New York
Ano: 2013
País: França, Alemanha, Bélgica
Direção: Julie Delpy
Elenco: Julie Delpy, Chris Rock e Albert Delpy.
Gênero: Romance
Sinopse: Marion (Julie Delpy) é um francesa sediada em Nova York, onde vive com Mingus (Chris Rock), os dois filhos que tiveram em outros relacionamentos e um gato. O casal está totalmente apaixonado! Marion é uma fotógrafa e prepara sua exposição, enquanto que Mingus é um jornalista de rádio. A rotina dos dois é abalada com a chegada da família de Marion. Seu pai, sua irmã e seu namorado visitam a cidade para a abertura da exposição.

Lendas da Paixão (Capítulo 2)
Título Original: Legends of the Fall
Ano: 1995
País: EUA
Direção: Edward Zwick
Elenco: Anthony Hopkins, Brad Pitt, Aidan Quinn
Gênero: Guerra, Romance
Sinopse: Três irmãos, três destinos. Alfred (Aidan Quinn) é o mais velho e reservado, o caçula Samuel (Henry Thomas) é o protegido por todos, e o do meio, Tristan (Brad Pitt), aprendeu com os índios a ter um espírito aventureiro. Ao trazer de volta para o rancho do pai (Anthony Hopkins) uma bela jovem (Julia Ormond), noiva de Samuel, os irmãos se encantam por ela e iniciam um conflito de paixões que pode terminar em tragédia para sua família.

Esse filme não se passa em Nova York, somente é citado por causa da aparência do ator Brad Pitt e do personagem Ethan.

Antes do Amanhecer (Capítulo 2)
Título Original: Before Sunrise
Ano: 1995
País: EUA
Direção: Richard Linklater
Elenco: Julie Delpy, Ethan Hawke, Hanno Poschi
Sinopse: Jesse (Ethan Hawke), um jovem americano, e Celine (Julie Delpy), uma estudante francesa, se encontram casualmente no trem para Viena e logo começam a conversar. Ele a convence a desembarcar em Viena e gradativamente vão se envolvendo em uma paixão crescente. Mas existe uma verdade inevitável: no dia seguinte ela irá para Paris e ele voltará ao Estados Unidos. Com isso, resta aos dois apaixonados aproveitar o máximo o pouco tempo que lhes resta.

Esse filme não se passa em Nova York, o ator Ethan Hawke é citado pela personagem Charlotte.

Star Wars - Uma Nova Esperança (Capítulo 2)
Título Original: Star Wars – Episódio IV A New Hope
Ano: 1978
País: EUA
Direção: George Lucas
Elenco: Isaac Bardavid, Mark Hamill, Harrison Ford e Carrie Fisher
Sinopse: Luke Skywalker (Mark Hammil) sonha ir para a Academia como seus amigos, mas se vê envolvido em uma guerra intergalática quando seu tio compra dois robôs e com eles encontra uma mensagem da princesa Leia Organa (Carrie Fisher) para o jedi Obi-Wan Kenobi (Alec Guiness) sobre os planos da construção da Estrela da Morte, uma gigantesca estação espacial com capacidade para destruir um planeta. Luke então se junta aos cavaleiros jedi e a Han Solo (Harrison Ford), um mercenário, para tentar destruir esta terrível ameaça ao lado dos membros da resistência.

Star Wars na verdade é uma série de filmes, os personagens Darth Vader e Princesa Leia Organa aparecem em outros filmes, optei por mencionar um dos filmes em que ambos aparecem. Esse filme não se passa em Nova York, somente seus personagens são citados nos diálogos desse livro.

Simplesmente Complicado (Capítulo 3)

Título Original: It´s complicated

Ano: 2009

Direção: Nancy Meyers

Elenco: Meryl Streep, Alec Baldwin

Sinopse: Jane (Meryl Streep) é mãe de três filhos e mantém uma relação amigável com Jake (Alec Baldwin), seu ex-marido, de quem se separou há dez anos. Quando eles se encontram para a formatura de um dos filhos, em Nova York, surge um clima e eles passam a ter um caso. Só que Jake é agora casado com Agness (Lake Bell), o que faz com que Jane torne-se sua amante. Paralelamente, Adam (Steve Martin) entra na vida de Jane. Ele é um arquiteto contratado para remodelar a cozinha do restaurante de Jane e, aos poucos, se apaixona por ela.

Atraídos pelo destino (Capítulo 4)

Título Original: It could be happen to you

Ano: 1994

Direção: Andrew Bergman

Elenco: Nicolas Cage, Bridget Fonda

Sinopse: Em Nova York vive Charlie Lang (Nicolas Cage), um policial que divide US$ 4 milhões com Yvonne Biasi (Bridget Fonda), uma garçonete, pois tinha prometido como "gorjeta" caso ganhasse na loteria. Entretanto Muriel Lang (Rosie Perez), sua mulher, não concorda com a doação e leva o caso aos tribunais.

Cisne Negro (Capítulo 4)

Título Original: Black Swan

Ano: 2011

Diretor: Darren Aronofsky

Elenco: Natalie Portman, Mila Kunis, Vincent Cassel

Sinopse: Beth MacIntyre (Winona Ryder), a primeira bailarina de uma companhia, está prestes a se aposentar. O posto fica com Nina (Natalie Portman), mas ela possui sérios problemas pessoais, especialmente com sua mãe (Barbara Hershey). Pressionada por Thomas Leroy (Vincent Cassel), um exigente diretor artístico, ela passa a enxergar uma concorrência desleal vindo de suas colegas, em especial Lilly (Mila Kunis). Em meio a tudo isso, busca a perfeição nos ensaios para o maior desafio de sua carreira: interpretar a Rainha Cisne em uma adaptação de "O Lago dos Cisnes"

Meu Crush de Nova York

Outono em Nova York (Capítulo 4)
Título Original: Autumn in New York
Ano: 2000
Direção: Joan Chen
Elenco: Richard Gere, Winona Ryder
Sinopse: Will Keane (Richard Gere) é um playboy cinquentão que tem como promessa nunca ter um compromisso sério com uma mulher. Quando ele conhece Charlotte Fielding (Winona Ryder), uma jovem que tem a metade da sua idade, imagina que terá com ela outro rápido e fácil romance. Mas nada no relacionamento de ambos é fácil ou rápido. Apesar da diferença de idade, eles terminam se apaixonando perdidamente e fazendo com que Will resolva abandonar sua decisão de nunca assumir um compromisso amoroso. Mas Charlotte tem um sério motivo para recusar a proposta de ter uma relação com Will que dure para sempre: ela está morrendo.

O Diabo Veste Prada (Capítulo 4)
Título Original: The Devil Wears Prada
Ano: 2006
Diretor: David Frankel
Elenco: Anne Hathaway, Meryl Streep, Emily Blunt
Sinopse: Andrea Sachs (Anne Hathaway) é uma jovem que conseguiu um emprego na Runaway Magazine, a mais importante revista de moda de Nova York. Ela passa a trabalhar como assistente de Miranda Priestly (Meryl Streep), principal editora-executiva da revista. Apesar da chance que muitos sonhariam em conseguir, logo Andrea nota que trabalhar com Miranda não é tão simples assim.

Escrito nas estrelas (Capítulo 5)
Título Original: Serendipity
Ano: 2001
Direção: Peter Chelsom
Elenco: Kate Beckcinsale, John Cusack
Sinopse: Em um apressado dia de compras no inverno de 1990, Jonathan Trager (John Cusack) conhece Sara Thomas (Kate Beckinsale). Dois estranhos no meio da massa em NY, seus caminhos se cruzam em um feriado, sendo que logo sentem entre eles uma atração mútua. Apesar do fato de ambos estarem envolvidos em outras relações, Jonathan e Sara passam a noite andando por Manhattan. Quando a noite chega ao fim, os dois são forçados a determinar algo como seu próximo passo. Quando Jonathan

sugere uma troca de telefones, Sara rejeita e propõe uma ideia que dará ao destino o controle de seu futuro. Se eles tiverem que ficar juntos, ela diz, eles encontrarão o caminho de volta para a vida um do outro.

Encantada (Capítulo 6)
Título Original: Enchanted
Ano: 2007
Direção: Kevin Lima
Elenco: Amy Adams, Patrick Dempsey
Sinopse: Giselle (Amy Adams) é uma bela princesa que foi recentemente banida por uma rainha malvada de seu mundo mágico e musical. Com isso, ela agora está em Manhattan dos dias atuais, um local completamente diferente de onde vivia. Logo ela recebe a ajuda de Robert (Patrick Dempsey), um advogado divorciado por quem se apaixona. Só que Giselle já está prometida em casamento para o príncipe Edward (James Marsden), que decide também deixar o mundo mágico para reencontrar sua amada.

Se enlouquecer, não se apaixone (Capítulo 7)
Título Original: It´s Kind of a funny History
Ano: 2011
Direção: Ryan Fleck, Anna Boden
Elenco: Keir Gilchrist, Zach Galifianakis, Emma Roberts
Sinopse: Craig (Keir Gilchrist), estressado com as demandas de ser um adolescente e assustado com sua tendência suicida, decide buscar ajuda em uma clínica psiquiátrica. Internado por uma semana, ele logo é acolhido por Bobby (Zach Galifianakis), que se torna seu mentor, e se encanta com Noelle (Emma Roberts).

A difícil arte de amar (Capítulo 8)
Título Original: Heartburn
Ano: 1986
Direção: Mike Nichols
Elenco: Meryl Streep, Jack Nicholson
Sinopse: Em uma festa de casamento, Rachel (Meryl Streep), uma escritora de matérias culinárias de Nova York, conhece um colunista de Washington, Mark (Jack Nicholson), e logo estão casados, apesar das reservas dela contra tal tipo de relação. Eles compram e remodelam uma casa, têm uma filha e ela pensa que tudo corre às mil maravilhas, até descobrir que Mark estava tendo um caso enquanto ela estava grávida pela segunda vez.

Meu Crush de Nova York

Love Story (Capítulo 9)
Título Original: Love Story
Ano: 1970
Direção: Arthur Hiller
Elenco: Ali McGraw, Ryan O'Neal, Ray Milland
Sinopse: Oliver Barrett IV (Ryan O'Neal), um estudante de Direito de Harvard, conhece Jenny Cavilleri (Ali MacGraw), uma estudande de música de Radcliffe. Um rápido envolvimento surge entre eles, sendo que logo decidem se casar. No entanto, Oliver Barrett III (Ray Milland), o pai do jovem, que é um multimilionário, não aceita tal união e deserda o filho. Algum tempo depois de casados ela não consegue engravidar e, ao fazer alguns exames, se constata que Jenny está muito doente.

Nota da autora: No longa eles se mudam para Nova York após o casamento, onde acontecem cenas memoráveis no Central Park.

Sorte no Amor (Capítulo 10)
Título Original: Just My Lucky
Ano: 2006
Direção: Donald Petrie
Elenco: Lindsay Lohan, Chris Pine, Samaire Armstrong
Sinopse: Ashley Albright (Lindsay Lohan) é uma socialite de Manhattan, que é também a pessoa mais sortuda de Nova York. Até que um dia, em um baile de máscaras, ela conhece Jake Hardin (Chris Pine), que é a pessoa mais azarada da cidade. Eles se beijam e, misteriosamente, este ato faz com que a sorte deles seja invertida.

Nova York, eu te amo (Capítulo 11)
Título Original: Nova York, I Love you
Ano: 2008
Direção: Mira Nair
Elenco: Hayden Christensen, Rachel Bilson, Andy Garcia
Sinopse: Vários curtas e filmetes menores que compõem um caleidoscópio da metrópole que nunca dorme, misturando histórias de amor, humor, medo e todas as conexões de sentimentos pertinentes a uma cidade como Nova York.

As Coisas Impossíveis do Amor (Capítulo 12)
Título Original: Love and Other Impossible Pursuits
Ano: 2011
Direção: Don Roos
Elenco: Natalie Portman, Scott Cohen, Lisa Kudrow
Sinopse: Emilia (Natalie Portman) é uma advogada recém-formada que vai trabalhar numa firma e acaba se envolvendo com o seu chefe casado, que depois se separa da esposa e fica com Emilia. Os dois têm um bebê que, por causa de uma tragédia, morre ainda muito pequeno, o que vai provocar muitas complicações no relacionamento do casal. Emilia agora tem que superar a perda do filho, enfrentar as constantes brigas com Carolyn (Lisa Kudrow), a ex-mulher de Jack, e tentar conquistar o amor de William, filho do primeiro casamento de Jack, além de lutar para reatar os laços afetivos com o seu pai.

Mensagem para você (Capítulo 13)
Título Original: You´ve Got Mail
Ano: 1998
Direção: Nora Ephron
Elenco: Tom Hanks, Meg Ryan, Greg Kinnear
Sinopse: Proprietária de uma pequena livraria, Kathleen (Meg Ryan) praticamente mora com seu noivo (Greg Kinnear), mas o "trai" através da internet com um desconhecido, pois todo dia ela manda pelo menos um e-mail para ele. Seu misterioso amigo (Tom Hanks) também faz o mesmo e passa pela mesma situação: "infiel" com sua noiva (Parker Posey). De repente, a vida dela é abalada com a chegada de uma enorme livraria, que pode acabar com o negócio de sua família há 42 anos, e ela passa a não suportar um executivo que comanda esta mega-livraria, sem imaginar que é o mesmo homem com quem ela conversa pela internet. Após algum tempo, ele toma consciência da situação, mas teme se revelar e muito menos dizer que se sente atraído por ela.

Faça a Coisa Certa (Capítulo 14)
Título Original: Do the Right Thing
Ano: 1989
Direção: Spike Lee
Elenco: Spike Lee, Danny Aiello, John Turturro
Sinopse: Sal (Danny Aiello), um ítalo-americano, é dono de uma pizzaria em Bedford-Stuyvesant, Brooklyn. Com predominância de negros e

latinos, é uma das áreas mais pobres de Nova York. Ele é um cara boa-praça, que comanda a pizzaria juntamente com Vito (Richard Edson) e Pino (John Turturro), seus filhos, além de ser ajudado por Mookie (Spike Lee). Sal decora seu estabelecimento com fotografias de ídolos ítalo-americanos dos esportes e do cinema, o que desagrada sua freguesia. No dia mais quente do ano, Buggin' Out (Giancarlo Esposito), o ativista local, vai até lá para comer uma fatia de pizza e reclama por não existirem negros na "Parede da Fama". Este incidente trivial é o ponto de partida para um efeito dominó, que não terminará bem.

Como Perder um Homem em 10 Dias (Capítulo 15)
Título Original: How to Lose a Guy in 10 Days
Ano: 2003
Direção: Donald Petrie
Elenco: Kate Hudson, Matthew McConaughey
Sinopse: Ben Barry (Matthew McConaughey) é um publicitário que faz uma grande aposta com seu chefe: caso faça com que uma mulher se apaixone por ele em 10 dias, ele será o responsável por uma concorrida campanha de diamantes que pertence à empresa. A vítima escolhida por Ben é Andie Anderson (Kate Hudson), uma jornalista feminista que está desenvolvendo uma matéria sobre como perder um homem em 10 dias e está decidida a infernizar a vida de qualquer homem que se aproximar dela. Ambos se conhecem em um bar, sendo que escolhem um ao outro como alvo de seus planos.

Louco por Você (Capítulo 16)
Nota do autor: O título original do filme é Louco por você, no entanto, como os capítulos são narrados por Charlotte, alterei o nome para o feminino e ficou "Louca por você"
Título Original: Down To You
Ano: 2000
Direção: Kris Isacsson
Elenco: Freddie Prinze Jr, Julia Stiles, Selma Blair
Sinopse: Al (Freddie Prinze Jr.) e Imogen (Julia Stiles) são estudantes da Universidade de Nova York e se conhecem num bar, onde se apaixonam perdidamente. Al é um aspirante a chefe de cozinha que tem como pai um astro da televisão. Já Imogen é uma aspirante a artista gráfica. O relacionamento entre eles se desenvolve ao longo de três meses, quando decidem levar o namoro a outro nível de comprometimento um com o outro.

O Dia depois do amanhã (Capítulo 17)
Título Original: The Day After Tomorrow
Ano: 2004
Direção: Roland Emmerich
Elenco: Dennis Quaid, Sela Ward, Jake Gyllenhaal
Sinopse: A Terra sofre alterações climáticas que modificam drasticamente a vida da humanidade. Com o norte se resfriando cada vez mais e passando por uma nova era glacial, milhões de sobreviventes rumam para o sul. Porém o paleoclimatologista Jack Hall (Dennis Quaid) segue o caminho inverso e parte para Nova York, já que acredita que seu filho, Sam (Jake Gyllenhaal), ainda está vivo.

Apaixonados em Nova York (Capítulo 18)
Título Original: New York Serenade
Ano: 2007
Direção: Frank Whaley
Elenco: Freddie Prinze Jr, Chris Klein
Sinopse: Ray (Chris Klein) e Owen (Freddie Prinze Jr.) são amigos de infância e lutam para melhorar de vida. Ray é baterista em uma banda de rock, enquanto Owen sonha em se tornar cineasta. Durante a maior parte do tempo, eles fazem trabalhos temporários e bebem. Quando Lynn (Jamie-Lynn Sigler) termina o noivado com Owen, ele resolve convidar o amigo a embarcar rumo a um festival de cinema em Kansas, para o qual foi convidado. Ray aceita o convite e, ao chegar, logo finge ser outra pessoa para conseguir vantagens no hotel em que estão hospedados.

Sintonia de Amor (Capítulo 19)
Título Original: Sleepless in Seattle
Ano: 1993
Direção: Nora Ephron
Elenco: Tom Hanks, Meg Ryan
Sinopse: Viúvo há um ano e meio, Sam Baldwin (Tom Hanks) não consegue esconder de seu pequeno filho Jonah (Ross Malinger) a tristeza pela qual está passando. Preocupado, Jonah participa de um programa de rádio chamado "Sleepless in Seattle", por telefone, dizendo que gostaria de arrumar uma namorada para o pai. Muito longe dali está Annie Reed (Meg Ryan) que, viajando de carro, ouve o desabafo de Sam e acaba se apaixonando por ele.

Meu Crush de Nova York

Um dia especial (Capítulo 20)
Título Original: One Fine Day
Ano: 1997
Direção: Michael Hoffman
Elenco: George Clooney, Michelle Pfeiffer
Sinopse: Melanie Parker (Michelle Pfeiffer), uma arquiteta, e Jack Taylor (George Clooney), um colunista de um jornal, se encontram quando seus filhos se atrasam e perdem um passeio da escola. A partir de então o que deveria ser um dia normal de trabalho acaba sendo uma loucura de idas e vindas entre celulares, filhos e várias outras crises que ameaçam acabar com as carreiras dos dois em apenas 12 horas.

SERIADOS

Sex and The City
Título Original: Sex and The City
Criação: Darren Star
Ano: 1998 a 2003 (Total de 6 temporadas)
País: EUA
Elenco: Sarah Jessica Parker, Kim Cattrall, Cynthia Nixon e Kristin Davis
Sinopse: Quatro mulheres solteiras, bonitas e confiantes de Nova York que são melhores amigas e compartilham entre si os segredos de suas conturbadas vidas amorosas. Carrie Bradshaw (Sarah Jessica Parker) é uma colunista e narra a história. Miranda Hobbes (Cynthia Nixon) é uma advogada determinada, que deseja sucesso na carreira e na vida amorosa. Charlotte York (Kristin Davis) é uma comerciante de arte vinda de uma família rica que é insegura sobre si mesma. E Samantha Jones (Kim Cattrall) é uma loira fatal que está sempre à procura de um bom partido.

Game of Thrones (Capítulo 2)
Título Original: Game of Thrones
Criação: D.B. Weiss, David Benioff
Ano: 2011 até 2019
País: EUA
Elenco: Peter Dinklage, Nikolaj Coster-Waldau, Lena Headey, Kit Harrigton
Sinopse: Há muito tempo, em um tempo esquecido, uma força destruiu o equilíbrio das estações. Em uma terra onde os verões podem durar vários anos e o inverno, toda uma vida, as reivindicações e as forças sobrenaturais correm às portas do Reino dos Sete Reinos. A irmandade da Patrulha da Noite busca proteger o reino de cada criatura que pode vir

de lá da Muralha, mas já não tem os recursos necessários para garantir a segurança de todos. Depois de um verão de dez anos, um inverno rigoroso promete chegar com um futuro mais sombrio. Enquanto isso, conspirações e rivalidades correm no jogo político pela disputa do Trono de Ferro, o símbolo do poder absoluto.

O seriado não se passa em Nova York, somente é citado pela protagonista

Friends
Título Original: Friends (Capítulo 12)
Criação: David Craine
Ano: 1994 a 2004
País: EUA
Elenco: Jennifer Aniston, Courtney Cox, Lisa Kudrow, Matt Le Blanc, Matthew Perry, David Schimmer
Sinopse: Seis jovens são unidos por laços familiares, românticos e, principalmente, de amizade, enquanto tentam vingar em Nova York. Rachel é a garota mimada que deixa o noivo no altar para viver com a amiga dos tempos de escola, Monica, sistemática e apaixonada pela culinária. Monica é irmã de Ross, um paleontólogo que é abandonado pela esposa, que descobriu ser lésbica. Do outro lado do corredor do apartamento de Monica e Rachel, moram Joey, um ator frustrado, e Chandler, de profissão misteriosa. A turma é completa pela exótica Phoebe.

RAFFA FUSTAGNO

Playlist

- Empire State of Mind – Alicia Keys
- Single Ladies – Beyoncé
- Shape of You – Ed Sheeran
- Pequena Serenata Noturna – Mozart
- Summer Nights – Olivia Newton John e John Travolta (Grease)
- Bailando – Enrique Iglesias
- Tell me you love me – Demi Lovato
- Can´t Get Enough of your Love, Baby – Barry White
- Flauta Mágica – Mozart
- Cello Suite N° 1 – Sebastian Bach
- Allegretto – Ludwig Wan Beethoven
- As Quatro Estações – Vivaldi
- Stand By Me – Ben E. King
- A love so beautiful – Michael Bolton
- I Say a Little Prayer – Dionne Warwick

Agradecimentos

Escrever um livro não é uma tarefa fácil. Envolve muita gente, que me ajudou a fazer com que a história fosse criada e agora não fosse só minha, mas também de vocês.

Gostaria primeiro de agradecer a Deus por ter tido a chance de visitar a cidade onde essa história se passa por duas vezes. Foram experiências diferentes, mas que me ajudaram a construir a Charlotte e desejar que todo mundo encontre seu Ethan.

Obrigada aos meus tios Alexandre e Daniella e às minhas primas Duda e Carol, que peguei emprestados os nomes para minhas personagens e que me acolheram com muito carinho quando moravam em Nova York. Amo vocês. E, antes que vocês perguntem, é inspirado nas minhas viagens, mas ela não disse aquelas frases para mim durante minha primeira estadia.

Certamente, só percebi o amor que exalava em cada canto da cidade quando estive por lá com o amor da minha vida. De repente as histórias que li e vi se passarem na cidade passaram a fazer sentido, então agradeço ao meu marido Gabriel por ser minha base, meu amigo, meu parceiro e meu incentivador e por me fazer acreditar no amor novamente.

É verdade que Gabriel e Raffa não existiriam sem nossos cupidos, muito obrigada Lygia e Carlos por terem nos feito um casal. Sem o amor que sinto por ele, não seria capaz de escrever nenhum romance. Vocês contribuíram para isso! Preciso dizer que Lygia também me incentivou a escrever e sempre acredita em mim quando nem eu mesma acredito. Obrigada, amiga!

Meu imenso obrigada aos meus pais e irmão que me ouvem, me acolhem e me apoiam sempre. Um obrigada especial ao meu pai que me viciou nos filmes e músicas que aparecem nesse livro. Amo demais esses três.

Nova York ganhou outro olhar em minha última viagem com a presença da minha sogra (ela vai me odiar por tê-la chamado assim, então finjam que falei só Regina) e de minha tia Karla. Obrigada por me acompanharem nos musicais (sim, eles estão presentes nesse livro). Também não posso esquecer de agradecer ao carinho imenso e apoio que tive no último ano de seus respectivos maridos: meu sogro Dirceu e meu tio Ronaldo. Obrigada, família! Somos um time e não existo sem vocês.

Igor Magalhães e Luiza, esse casal lindo que sou madrinha, peguei o nome de vocês um pouquinho para mostrar o amor de dois personagens. Fica aqui minha homenagem a vocês.

Escrever é aprendizado e, sem a ajuda da Carol Dias, muitas cenas mais *hots* dessa história nem teriam acontecido. Ela me ajudou e muito, Obrigada, sua linda! E, quem ainda não leu os livros dela, corre para ler que ela arrasa muito.

Obrigada aos meus amigos literários que me apoiam sempre, todos que frequentam o Evento da Menina mensalmente: Mayara, Julio, Any, Mari, Luciana Machado, Carla Kazama, Ana Mapa, Cássia Hartmann e Pâmela Verdan. E que me acompanham pelas redes sociais do A Menina que Comprava Livros. Sem vocês nada disso existiria.

Aos colunistas do blog, que me ajudaram a ter tempo de pesquisar, rever filmes e assim conseguir escrever essa história, me cobrindo nos eventos: Cecilia Mouta, Reinaldo Barros, Bianca Silveira e Letícia Nascimento. Vocês arrasam.

Preciso agradecer a uma amiga em especial: Bel Soares, essa pessoa incrível que me ajuda sempre, que me deu conselhos e me ouviu no ano mais difícil da minha vida. Obrigada por sua amizade.

Equipe The Gift Box, muito obrigada por toda sua dedicação e carinho com minha história, principalmente a Anastacia Cabo, que me aguentou com dúvidas e esclareceu todas com paciência. Vocês arrasam.

Não poderia deixar de agradecer à Roberta Teixeira, que faz tudo isso ser possível. Quem ama livros sabe como é difícil acreditar no poder da leitura e ter quem nos apoie. Mas ela tem sido capaz de provar que sonho que se sonha junto acontece, porque "o cara lá de cima" abençoa. Que ele continue te abençoando sempre. Obrigada por apoiar a literatura nacional e por sua amizade.

Obrigada a todos que me incentivaram a continuar escrevendo. Esse livro é para vocês.

E claro, obrigada a você que dentre tantas opções de livros escolheu esse aqui para ser sua leitura. Espero que tenha gostado. Um beijo e até a próxima.

RAFFA FUSTAGNO

A The Gift Box Editora acredita em bons projetos e por isso apresenta o seu novo selo The Gift Start, que tem como objetivo introduzir ao público novos autores e projetos da casa dentro do universo do Romance.

Nosso objetivo é dar chances iguais a todo novo talento que publicarmos, não só os novos no mercado, mas os estreantes na família The Gift Box.

Acompanhe a The Gift Box nas redes sociais para ficar por dentro de todas as novidades.

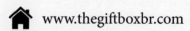 www.thegiftboxbr.com

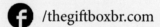 /thegiftboxbr.com

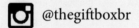 @thegiftboxbr

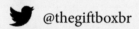 @thegiftboxbr

 bit.ly/TheGiftBoxEditora_Skoob

Impressão e acabamento
psi7 | book7
psi7.com.br book7.com.br